패터슨

패터슨

월리엄 칼로스 윌리엄스

정은귀 옮김

PATERSON
William Carlos Williams

차례

1부

단절된 기간(1941)

The Last Words of My English Grandmother

There were some dirty plates
and a glass of milk
beside her on a small table
near the rank, disheveled bed —

Wrinkled and nearly blind
she lay and snored
rousing with anger in her tones
to cry for food,

Gimme something to eat —
They're starving me —
I'm all right — I won't go
to the hospital. No, no, no

Give me something to eat!
Let me take you
to the hospital, I said
and after you are well

you can do as you please.
She smiled, Yes

내 영국 할머니의 마지막 말들[1]

더러운 접시들이 있었다
우유 한 잔도
그녀 옆 작은 테이블 위에
쾨쾨하고 어질러진 침대 근처 —

주름투성이, 눈도 잘 안 보이는
그 여자는 누워서 코를 곤다,
음식을 달라고
울부짖는 목소리에 분노가 이글이글

먹을 거 좀 달라고 —
날 아주 굶겨 죽일 작정이야 —
나 괜찮아 — 안 갈 거야.
병원엔 안 가, 안 가, 안 가.

나한테 먹을 거 좀 줘!
내가 할머니를 병원에
데리고 갈게요, 내 말했다
그리고 할머니 괜찮아진 다음에

하고 싶은 대로 할 수 있어요.
할머니가 웃었다, 그래

you do what you please first
then I can do what I please —

Oh, oh, oh! she cried
as the ambulance men lifted
her to the stretcher —
Is this what you call

making me comfortable?
By now her mind was clear —
Oh you think you're smart
you young people,

she said, but I'll tell you
you don't know anything.
Then we started.
On the way

we passed a long row
of elms. She looked at them
awhile out of
the ambulance window and said,

네가 하고 싶은 걸 먼저 하고
그러고 내가 좋아하는 걸 하면 되지 ―

아, 아, 아! 그녀가 울었다
구급대원이 그녀를
들것으로 옮길 때 ―
이게 바로 네가

나를 편하게 해 준다는 거였어?
이제 그녀 마음은 명확해졌다 ―
아, 너희들은 어지간히 똑똑하다 싶지
이 젊은 것들아,

그녀가 말했다 근데 내 말하지만
너희는 아무것도 몰라.
그러고 나서 우리는 출발했다.
도중에

우리는 느릅나무가 길게
늘어선 길을 지나왔다. 앰뷸런스
창밖으로 나무들을 쳐다보던
그녀가 말했다,

What are all those
fuzzy looking things out there?
Trees? Well, I'm tired
of them and rolled her head away.

저 밖에 저 보송보송한 것들은
다 뭐야?
나무인가? 그래, 난 저것들이
넌더리나, 그러곤 머리를 절레절레 돌렸다.

The Predicter of Famine

White day, black river
corrugated and swift —

as the stone of the sky
on the prongy ring
of the tarnished city
is smooth and without motion:

A gull flies low
upstream, his beak tilted
sharply, his eye
alert to the providing water.

굶주림을 예언하는 이

하얀 하루, 검은 강
굽이치는 빠른 물살 —

빛바랜 도시의
둥근 첨탑 위
하늘의 돌은
부드럽고 미동도 없고:

갈매기 한 마리 상류로
낮게 날고, 날카롭게
젖혀진 부리, 눈은
마시는 물에 초롱초롱.

A Portrait of the Times

Two W. P. A. men
stood in the new
sluiceway

overlooking
the river ——
One was pissing

while the other
showed
by his red

jagged face the
immemorial tragedy
of lack-love

while an old
squint-eyed woman
in a black

dress
and clutching

시절의 초상

공공 근로에 나선 두 남자가
새 방수로에
서 있었다

강을
내려다보며 ──
하나가 오줌 갈기는 동안

다른 하나는
술 오른 불콰한
얼굴로

사랑이 결핍된
태곳적 비극을
보여 주었다

그 사이 늙은
사팔뜨기
여자 하나는

검은
드레스를 입고

a bunch of

late chrysanthemums
to her
fatted bosoms

turned her back
on them
at the corner

철 지난 국화

한 다발을
퉁퉁한 가슴에
움켜쥐고는

등을
그들에게로 돌렸다
모퉁이에서

Against the Sky

Let me not forget at least,
after the three day rain,
beaks raised aface, the two starlings
at and near the top twig

of the white-oak, dwarfing
the barn, completing the minute
green of the sculptured foliage, their
bullet heads bent back, their horny

lips chattering to the morning
sun! Praise! while the
wraithlike warblers, all but unseen
in looping flight dart from

pine to spruce, spruce to pine
southward. Southward! where
new mating warms the wit and cold
does not strike, for respite.

하늘을 배경으로

잊지는 말자 적어도,
사흘 동안 비가 내린 후,
앞에서 쳐든 부리들, 두 찌르레기들
하얀 떡갈나무 맨 꼭대기 가지에서

또 그 근처에서, 헛간을
조그맣게 만들어 버리고, 조각된
이파리 세세한 초록을 완성하고, 총알
머리가 뒤로 수그러지고, 뾰족한

입술은 아침 해에다
재잘재잘! 찬송! 유령 같은
휘파람새들, 거의 보이지 않게
쏜살같이 반복 비행을 한다

소나무에서 가문비나무로,
가문비나무에서 소나무로 남으로. 남으로!
거긴 새로운 짝짓기가 그 재치를 따습게 하고
추위가 파업을 하지 않는 곳, 잠시 쉬려고.

2부

쐐기(1944)

A Sort of a Song

Let the snake wait under
his weed
and the writing
be of words, slow and quick, sharp
to strike, quiet to wait,
sleepless.

—— through metaphor to reconcile
the people and the stones.
Compose. (No ideas
but in things) Invent!
Saxifrage is my flower that splits
the rocks.

일종의 노래

뱀이 풀 아래 기다리게
하라
그리고 글이
말이 되게 하라, 느리고 빠른, 날카롭게
쏘는, 잠 못 이루며
조용히 기다리는.

— 은유를 통해 사람들과
돌을 화해시키는 일.
지어라. (관념이 아니라
사물 그 자체로) 발명하라!
바위꽃은 바위를 쪼개는
나의 꽃이다.

Paterson: the Falls

What common language to unravel?
The Falls, combed into straight lines
from the rafter of a rock's
lip. Strike in! the middle of

some trenchant phrase, some
well packed clause. Then......
This is my plan. 4 sections: First,
the archaic persons of the drama.

An eternity of bird and bush,
resolved. An unraveling:
the confused streams aligned, side
by side, speaking! Sound

married to strength, a strength
of falling — from a height! The wild
voice of the shirt-sleeved
Evangelist rivaling, Hear

me! I am the Resurrection
and the Life! echoing

패터슨: 그 폭포

풀어야 할 공통 언어는 무엇인가?
폭포는 바위 가장자리의 서까래에서
일직선들로 빗질된다.
때려 넣어라! 정곡을 찌르는

어떤 구와, 야무지게 채워진
어떤 절 한가운데로. 그러고는……
이것은 나의 계획. 네 개의 섹션: 우선,
드라마의 고풍스러운 인물들.

새와 덤불의 영원,
결정되고. 풀어냄:
옆으로 늘어선 혼탁한 흐름,
나란히, 말하며! 힘과

결합한 소리, 하강하는
힘 — 높이에서! 경쟁하는
셔츠 소매 전도사의 거친
목소리, 내 말

들으시오! 나는 부활이고
생명이오! 바르바도스,

among the bass and pickerel, slim
eels from Barbados, Sargasso

Sea, working up the coast to that
bounty, ponds and wild streams —
Third, the old town: Alexander Hamilton
working up from St. Croix,

from the sea! and a deeper, whence
he came! stopped cold
by that unmoving roar, fastened
there: the rocks silent

but the water, married to the stone,
voluble, though frozen, the water
even when and though frozen
still whispers and moans —

And in the brittle air
a factory bell clangs, at dawns, and
snow whines under their feet. Fourth,
the modern town, a

사르가소 바다에서 온 농어와
강꼬치고기, 뱀장어들 속에서

계속 외치며, 해안으로 올라가 일하네
그 너른 곳, 연못, 거친 개울까지 —
세 번째, 구시가지: 앨릭잰더 해밀턴은
세인트크록스, 그 바다에서

일하고! 그리고 더 깊은, 그때
그가 왔다! 추위가 그쳤다.
그 굳건한 포효로, 저기서
멈추었고: 바위는 조용해

그러나 물은, 돌과 결혼했기에,
얼었지만, 웅성웅성; 물은
얼었을 때에도 얼더라도
여전한 속삭임과 신음 소리 —

그리고 쌀쌀한 대기 속에서
공장의 종이 새벽마다 울리고,
눈은 그이들 발밑에서 징징대고. 네 번째,
현대 도시는 일종의

disembodied roar! the cataract and

its clamor broken apart —— and from

all learning, the empty

ear struck from within, roaring......

육신이 없는 포효! 그 폭포와
그 산산이 부서진 아우성 ─ 그래서
모든 배움으로부터, 안에서
부딪치는 그 텅 빈 귀, 포효하고……

The Dance

In Brueghel's great picture, The Kermess,
the dancers go round, they go round and
around, the squeal and the blare and the
tweedle of bagpipes, a bugle and fiddles
tipping their bellies (round as the thick-
sided glasses whose wash they impound)
their hips and their bellies off balance
to turn them. Kicking and rolling about
the Fair Grounds, swinging their butts, those
shanks must be sound to bear up under such
rollicking measures, prance as they dance
in Brueghel's great picture, The Kermess.

축제의 춤

브뤼겔의 대단한 그림 「축제」에서
춤꾼들은 돌고 도네, 돌고 또
돈다네, 깩깩 소리 쾅쾅 소리
백파이프 삐이익, 나팔 애애앵
깽깽이들 톡톡 자기 배 두드리고 (춤꾼들
퍼마시는 투박한 유리 술잔처럼 둥그스름한)
엉덩이와 배는 균형을 잃어서 돌지
못하고. 축제 마당을 발로 차고
구르며 엉덩이 흔들흔들 이 신나는
박자에 맞추어 버티려면 정강이가
튼튼해야만 해, 브뤼겔의 대단한 그림.
「축제」에서 춤꾼들이 껑충껑충 춤출 때.

Burning the Christmas Greens

Their time past, pulled down
cracked and flung to the fire
— go up in a roar

All recognition lost, burnt clean
clean in the flame, the green
dispersed, a living red,
flame red, red as blood wakes
on the ash —

and ebbs to a steady burning
the rekindled bed become
a landscape of flame

At the winter's midnight
we went to the trees, the coarse
holly, the balsam and
the hemlock for their green

At the thick of the dark
the moment of the cold's
deepest plunge we brought branches

크리스마스 초록 나무들 불태우며

그들의 시간은 지났고, 허물어졌고
금이 가 불 속으로 던져졌다
— 함성 속에 올라가고

모든 인식을 잃고, 깨끗하게 타
불꽃 속에서 깨끗하게, 초록은
흩어지고, 살아 있는 빨강,
빨간 불꽃, 잿더미 위에서
피가 깨어나듯 빨간 —

계속 타오르는 썰물
다시 불붙은 바닥이
화염의 풍경이 되고

겨울 한밤중에
우리는 숲으로 갔지, 거친
호랑가시나무, 발삼나무, 그리고
그들의 초록을 위한 솔송나무

어둠이 켜켜이 내리고
추위가 가장 깊숙이 뛰어드는
그 순간에 우리는 초록 나무에서

cut from the green trees

to fill our need, and over
doorways, about paper Christmas
bells covered with tinfoil
and fastened by red ribbons

we stuck the green prongs
in the windows hung
woven wreaths and above pictures
the living green. On the

mantle we built a green forest
and among those hemlock
sprays put a herd of small
white deer as if they

were walking there. All this!
and it seemed gentle and good
to us. Their time past,
relief! The room bare. We

잘라 온 나뭇가지를 가지고 왔지

필요한 데 쓰려고, 그러곤
현관 너머, 종이로 만든
성탄 종들 은박지로 싸
빨간 리본으로 묶고

우리는 초록 가지들을
창문에 붙였어, 엮어 만든
리스들 달고 그림들 위로
그 살아 있는 초록을. 덮개 위로

우리는 초록 숲을 만들었지
그리고 그 솔송나무 사이로
한 무리의 작고 흰 사슴들
촘촘히 뿌리니 마치

그곳을 걷고 있는 듯. 이 모든 것!
온화하고 좋아 보였지 우리에겐.
그들의 시간은 지났고,
안심! 방 안은 텅 비어. 우리는

stuffed the dead grate
with them upon the half burnt out
log's smouldering eye, opening
red and closing under them

and we stood there looking down.
Green is a solace
a promise of peace, a fort
against the cold (though we

did not say so) a challenge
above the snow's
hard shell. Green (we might
have said) that, where

small birds hide and dodge
and lift their plaintive
rallying cries, blocks for them
and knocks down

the unseeing bullets of
the storm. Green spruce boughs

죽은 격자 창살을 채워
넣었지 반쯤 타 버린
통나무의 연기 나는 눈 위에다,
나무 아래로 발갛게 열고 또 닫으며

우리는 거기 서서 내려다보았지.
초록은 위안
평화의 약속, 하나의 요새
추위에 맞서는 (비록

그렇게 말하지는 않았지만)
눈의 딱딱한 표면을 넘어서는
어떤 도전. 초록(우리가 아마
말했을 텐데)은 그렇게, 거기서

작은 새들이 숨고 또 피하고
재잘재잘 애처로운 새들의
울음을 들어 올리고, 새들을 위해
폭풍우의 보이지 않는

총알들을 막아 주고 또 때려
부순다. 가문비나무 초록 가지들

pulled down by a weight of
snow —— Transformed!

Violence leaped and appeared.
Recreant! roared to life
as the flame rose through and
our eyes recoiled from it.

In the jagged flames green
to red, instant and alive. Green!
those sure abutments . . . Gone!
lost to mind

and quick in the contracting
tunnel of the grate
appeared a world! Black
mountains, black and red —— as

yet uncolored —— and ash white,
an infant landscape of shimmering
ash and flame and we, in
that instant, lost,

눈의 무게로 내려앉고.
── 대변신을 했다!

폭력이 도약하여 나타났다.
겁쟁이! 살아나는 함성,
불길이 솟아오르고
우리의 눈은 움찔 놀라고.

들쭉날쭉 불꽃 속에서 초록이
빨강으로, 순식간에 살아나. 초록!
그토록 굳건한 다릿발들…… 사라졌다!
정신없이

벽난로의 좁은
터널에서 재빨리
한 세상이 나타났다! 검정
산들, 검고 붉은 ──

아직 색칠 않은 ── 하얀 잿빛,
태초의 풍경 아른거리는.
재와 불꽃 그리고 우리, 바로
그 순간, 멍하니,

breathless to be witnesses,
as if we stood
ourselves refreshed among
the shining fauna of that fire.

숨 멎은 목격자 되어,
그 빛나는 별무리
사이에 우리 자신이 새로워져
서 있는 듯.

The Poem

It's all in
the sound. A song.
Seldom a song. It should

be a song — made of
particulars, wasps,
a gentian — something
immediate, open

scissors, a lady's
eyes — waking
centrifugal, centripetal.

시

그것은 전부
소리 안에 있다. 하나의 노래.
노래라 하기도 힘든. 그것은

노래여야만 하는 것 ─ 세세한
것들, 말벌들,
용담꽃으로 이루어진 ─ 어떤
긴박한 것, 벌어진

가위, 숙녀의
눈 ─ 깨어나는
벗어나면서, 당기면서.

The Semblables

The red brick monastery in
the suburbs over against the dust-
hung acreage of the unfinished
and all but subterranean

munitions plant: those high
brick walls behind which at Easter
the little orphans and bastards
in white gowns sing their Latin

responses to the hoary ritual
while frankincense and myrrh
round out the dark chapel making
an enclosed sphere of it

of which they are the worm:
that cell outside the city beside
the polluted stream and dump
heap, uncomplaining, and the field

of upended stones with a photo
under glass fastened here and there

닮은 것들

붉은 벽돌 수도원은
교외에 1200평 정도
거미줄 친 반지하
짓다 만 군수 공장을

등지고 있어: 그 높은
벽돌담 뒤에선 부활절에 어린
고아들과 동네 깡패들이
흰 가운을 입고 시들한 의식에

라틴어로 화답하는 노랠 부르지
그러는 동안 유향과 몰약이
그 어두운 예배당을 돌아서
밀폐된 영역을 만들고

그중 한 영역이 그 벌레:
도시 밖 그 감방은 오염된
시냇물과 쓰레기 더미
옆에서, 불평도 없고, 뒤집힌

돌들의 들판 사진 한 장
여기저기 고정된 유리 아래

to one of them near the deeply
carved name to distinguished it:

that trinity of slate gables
the unembellished windows piling
up, the chapel with its round
window between the dormitories

peaked by the bronze belfry
peaked in turn by the cross,
verdegris —— faces all silent
that miracle that has burst sexless

from between the carrot rows.
Leafless white birches, their
empty tendrils swaying in
the all but no breeze guard

behind the spiked monastery fence
the sacred statuary. But ranks
of brilliant car-tops row on row
give back in all his glory the

돌 하나 깊이 새겨진
이름으로 도드라지고:

슬레이트 박공의 삼위일체
장식 없는 창문들 차곡차곡,
기숙사 사이 둥근 창문이
있는 그 예배당

청동 종탑이 솟아 있고
차례차례 십자가 솟아 있고,
푸른 녹 — 너무도 고요한 얼굴들
당근 고랑 사이에서

동침 없이 터져 버린 그 기적.
잎이 진 하얀 자작나무들,
텅 빈 덩굴손이 바람 가림막
없이 흔들거리고

뾰족한 수도원 울타리 뒤
그 성스러운 조각상들. 하지만
줄 지어 늘어선 멋드러진
자동차 행렬이 그 모든 영광 속에

late November sun and hushed
attend, before that tumbled
ground, those sightless walls
and shovelled entrances where no

one but a lonesome cop swinging
his club gives sign, that agony
within where the wrapt machines
are praying. . . .

늦은 11월 말의 태양을 돌려주고
숨죽이며 다니네, 폭삭 무너진
땅 앞에서, 저 보이지 않는 벽들
움푹 파인 입구들 거기에선

곤봉을 흔드는 외로운 경찰 외
누구도 신호를 주지 않고, 그 고뇌
그 안에서 넋 나간 기계들이
기도를 하고 있고……

The Storm

A perfect rainbow! a wide
arc low in the northern sky
spans the black lake

troubled by little waves
over which the sun
south of the city shines in

coldly from the bare hill
supine to the wind which
cannot waken anything

but drives the smoke from
a few lean chimneys streaming
violently southward

폭풍

완벽한 무지개! 넓은
아치가 북녘 하늘에 낮게
검은 호수에 걸쳐 있다

자잘한 물결들에 시달린
호수 너머로 해가
도시의 남쪽 헐벗은

언덕에서 차갑게 빛나고
무심한 언덕 나지막이 흐르는
바람은 아무것도 깨우지 못하고

다만 연기를 가느다란
굴뚝에서 내뿜어 남쪽으로
거칠게 흐르게 하고

The Forgotten City

When with my mother I was coming down
from the country the day of the hurricane,
trees were across the road and small branches
kept rattling on the roof of the car
There was ten feet or more of water
making the parkways impassible with wind
bringing more rain in sheets. Brown torrents
gushed up through new sluices in the
valley floor so that I had to take what
I could find bearing to the south and west,
to get back to the city. I passed through
extraordinary places, as vivid as any
I ever saw where the storm had broken
the barrier and let through
a strange commonplace: Long, deserted avenues
with unrecognized names at the corners and
drunken looking people with completely
foreign manners. Monuments, institutions
and in one place a large body of water
startled me with an acre or more of hot
jets spouting up symmetrically over it. Parks.
I had no idea where I was and promised myself

잊혀진 그 도시

어머니와 함께 나는 내려오고 있었지
허리케인이 지나간 그날 시골에서,
나무들이 도로에 가로누워 있고 작은 나뭇가지들
차 지붕을 계속 덜커덕 스쳤다네
세찬 비를 더 많이 몰고 오는 바람으로
통행금지된 공원 도로엔
3미터가 넘는 물이 있었지. 계곡
바닥에선 갈색 급류가 수문을 통해
용솟음쳤고 나는 그 도시로 돌아가려고
남쪽으로 서쪽으로 방향을 더듬으며
어떤 길이든 찾아야만 했지. 나는
독특한 장소들을 지나왔어, 폭풍우가
그 장벽을 부수고 기이하고도 평범한 곳을
지나간 거기서 내 언젠가 보았던
것처럼 생생하게: 인적 없는 긴 대로
구석구석엔 모르는 이름들이 또 만취한
이들이 완전 낯선 태도로 사람들을
쳐다보고 있고. 기념물들, 시설들
또 한곳에는 커다란 물 덩어리가
나를 놀라게 했지, 1200평도 넘는 뜨거운
물이 거기서 비대칭으로 뿜어 나와. 공원들.
어디가 어딘지 알 수가 없었기에 나는

I would some day go back to study this curious and industrious people who lived in these apartments, at these sharp corners and turns of intersecting avenues with so little apparent communication with an outside world. How did they get cut off this way from representation in our newspapers and other means of publicity when so near the metropolis, so closely surrounded by the familiar and the famous?

언젠가 다시 돌아가서 이 이상하고 부지런한
사람들을 연구해 봐야겠다고 결심했지 이
아파트들, 이 급커브들과 교차로들
모퉁이에서 바깥세상과 명백한 소통을
그렇게나 하지 않고 살아가는
사람들을. 그이들은 어떻게 해서 우리네
신문들과 다른 광고 매체들이 보여 주는
것들과 이런 식으로 단절되었던 걸까,
대도시가 그렇게나 가까이 있어 익숙하고
유명한 것들에 그렇게 바싹 둘러싸여 있는데?

The Yellow Chimney

There is a plume
of fleshpale
smoke upon the blue

sky. The silver
rings that
strap the yellow

brick stack at
wide intervals shine
in this amber

light — not
of the sun not of
the pale sun but

his born brother
the
declining season

노란 굴뚝

희끄무레한 연기
깃털 하나가
푸른 하늘

위로. 은색
고리들이 노란
벽돌 더미를

널찍한 간격으로
띠 두르듯
빛나네, 이

호박빛에 ― 태양
빛 아니라 창백한
태양 빛이 아니라

다만 그의 친형
그
기우는 계절의 빛

The Bare Tree

The bare cherry tree
higher than the roof
last year produced
abundant fruit. But how
speak of fruit confronted
by that skeleton?
Though live it may be
there is no fruit on it.
Therefore chop it down
and use the wood
against this biting cold.

벌거벗은 나무

벌거벗은 체리나무
지붕보다 높아
작년에 풍성한
열매를 맺었다. 하지만 어떻게
열매를 이야기하겠나 그처럼
뼈만 남은 걸 보고?
살아 있긴 하지만
거기엔 열매가 없다.
그러니 베어 버려라
살을 에는 추위 맞아
그 나무를 때라.

3부

구름들(1948)

Franklin Square

Instead of
the flower of the hawthorn
the spine:

The tree is in bloom
the flowers
and the leaves together

sheltering
the noisy sparrows
that give

by their intimate
indifference,
the squirrels and pigeons

on the sharp-
edged lawns — the figure
of a park:

A city, a decadence
of bounty —

프랭클린 광장[2]

산사나무 꽃
대신에
가시:

그 나무 꽃 피었네
꽃들
또 잎사귀들 함께

보듬네
그 시끄러운 참새들을
친밀한

무심함으로
재잘대는 참새들,
다람쥐와 비둘기들은

날이 선
잔디 위에 ── 공원의
모습:

도시, 넉넉한
퇴폐 ──

a tall negress approaching

the bench
pursing her old mouth
for what coin?

키 큰 흑인 여자 하나

벤치로 다가오네,
늙은 입 오므리며
몇 푼 얻으러?

Labrador

How clean these shallows
how firm these rocks stand
about which wash
the waters of the world

It is ice to this body
that unclothes its pallors
to thoughts
of an immeasurable sea,

unmarred, that as it lifts
encloses this
straining mind, these
limbs in a single gesture.

래브라도[3]

이 얕은 개울들 어찌나 깨끗한지
이 바위들 어찌나 단단히 서 있는지
세상의 물결들
다 씻어 내고

헤아릴 수 없는 바다의
생각들에
그 창백함을 흠 없이
벗기는 것은

바로 이 육신의 얼음,
이 긴장된 마음을, 이
언저리를 단 하나의 몸짓으로
에워싸는 그것은.

A Woman in Front of a Bank

The bank is a matter of columns,
like . convention,
unlike invention; but the pediments
sit there in the sun

to convince the doubting of
investments "solid
as rock" —— upon which the world
stands, the world of finance,

the only world: Just there,
talking with another woman while
rocking a baby carriage
back and forth stands a woman in

a pink cotton dress, bare legged
and headed whose legs
are two columns to hold up
her face, like Lenin's (her loosely

arranged hair profusely blond) or
Darwin's and there you

은행 앞 어떤 여인

은행은 기둥들의 일
일테면 . 관습처럼,
발명과는 달리; 삼각 꼭대기는
태양 아래 앉아서

투자의 의혹을
"바위처럼 단단하게"
확신시키고 — 세상이 그 위에
서 있다, 금융의 세계,

유일한 세상: 바로 저기에,
다른 여인과 이야기를 나누며
유아차를 앞뒤로
흔들며 한 여자가 서 있다

분홍 면 원피스, 맨다리에
머리도 하고 두 다리는
그녀의 얼굴을 지탱하는
두 기둥, 레닌처럼 (느슨하게

간추린 머리는 풍성한 금발) 아니면
다윈처럼 그리고 저기서 당신은

have it:

a woman in front of a bank.

그걸 갖고 있지:
은행 앞에 있는 한 여자.

The Bitter World of Spring

On a wet pavement the white sky recedes
mottled black by the inverted
pillars of the red elms,
in perspective, that lift the tangled

net of their desires hard into
the falling rain. And brown smoke
is driven down, running like
water over the roof of the bridge-

keeper's cubicle. And, as usual,
the fight as to the nature of poetry
—— Shall the philosophers capture it? ——
is on. And, casting an eye

down into the water, there, announced
by the silence of a white
bush in flower, close
under the bridge, the shad ascend,

midway between the surface and the mud,
and you can see their bodies

봄 그 쓰라린 세계

젖은 포장도로 위로 하얀 하늘이 물러나고
붉은 느릅나무의 뒤집힌 기둥들로
거뭇거뭇해진 하늘,
제대로 보면, 나무 기둥들은 욕망의 엉킨

그물을 떨어지는 빗속으로
단단히 들어 올리고. 갈색 연무가
밀어닥쳐서, 다리 지키는 사람의
좁은 방 지붕 위로 물처럼

흘러넘치고. 또 늘 그렇듯이
시의 본질에 관한 그 싸움이
── 철학자들은 그걸 포착할까? ──
계속되고. 또 물속으로

시선을 던지며, 거기서, 하얀
꽃 덤불의 침묵으로 공표되고,
가까이 다리 아래로,
청어 떼 올라가고,

수면과 진흙 사이 중간쯤으로,
또 당신은 볼 수 있지, 붉은 지느러미 그 몸들,

red-finned in the dark

water headed, unrelenting, upstream.

검은 물속에서
상류로, 가차 없이, 돌진하는.

The Banner Bearer

In the rain, the lonesome
dog idiosyn-
cratically, with each
quadribeat, throws

out the left fore-
foot beyond
the right intent, in
his stride,

on some obscure
insistence — from bridge-
ward going
into new territory.

깃발 든 이

빗속에서, 그 쓸쓸한
개는 특이-
하게도, 네 다리
박자 맞춰, 내다

던진다 그 왼쪽 앞
발을 오른편
목표 너머로, 큰
보폭으로,

어떤 모호한
고집에서 ── 새로운
영토로 들어가는
다리 쪽에서.

His Daughter

Her jaw wagging
her left hand pointing
stiff armed
behind her, I noticed:

her youth, her
receding chin and
fair hair;
her legs, bare

The sun was on her
as she came
to the step's edge,
the fat man,

caught in his stride,
collarless,
turned sweating
toward her.

그의 딸

그 아이 턱을 까닥까닥
왼손으로 가리키며
팔을 쫙 뻗는 걸
그 아이 뒤에서, 나는 보았지:

얼마나 앳된지, 그 아이
들어간 작은 턱과
금발 머리;
다리는, 맨다리

해가 그 아이 위에 있었지
그 애가 계단 끄트머리로
왔을 때,
그 뚱뚱한 남자는,

성큼성큼 가다 멈춰,
칼라도 없는 옷
땀에 젖어 돌아섰지
딸을 향해.

The Manoeuvre

I saw the two starlings
coming in toward the wires.
But at the last,
just before alighting, they

turned in the air together
and landed backwards!
that's what got me — to
face into the wind's teeth.

그 신기한 동작

전선줄을 향해 들어오는
찌르레기 둘을 나 보았지.
하지만 마침내,
착륙 직전에, 새들은

함께 공중으로 떴다가
뒤로 착지를 했잖니!
그게 나를 사로잡은 일 ―
바람의 이빨을 직시하는 일.

The Horse

The horse moves
independently
without reference
to his load

He has eyes
like a woman and
turns them
about, throws

back his ears
and is generally
conscious of
the world. Yet

he pulls when
he must and
pulls well, blowing
fog from

his nostrils
like fumes from

말

말이 움직인다,
독립적으로
자기 짐에 대한
언급도 없이

말은 여자
같은 눈을 가져서
눈을 돌린다,
귀를 뒤로

젖히고
그러다 점점
세계를
의식하고. 하지만

말은 당겨야
할 때 당기고
잘 당기고, 콧김을
훅훅 내뿜는다

콧구멍에서
자동차의 쌍둥이

the twin

exhausts of a car.

배기통에서
연기를 뿜듯.

Hard Times

Stone steps, a solid
block too tough
to be pried out, from
which the house,

rather, has been
avulsed leaving
a pedestal, on which
a fat boy in

an old overcoat, a
butt between
his thick lips, the
coat pushed back,

stands kidding,
Parking Space! three
steps up from his
less lucky fellows.

힘든 시절

돌계단, 단단한
덩어리 도저히
뽑아낼 수 없어서,
거기서 그 집이,

오히려, 그렇게
떨어져 나갔다 받침대
하나 남기고, 그 위에
뚱뚱한 남자 하나

낡은 외투 입고,
두꺼운 입술
사이 담배꽁초,
외투는 뒤로 젖히고,

농담 던지며 서 있다,
주차장! 운이 덜
좋은 자기 친구들보다
세 계단 위에서.

The Motor-Barge

The motor-barge is
at the bridge the
air lead
the broken ice

unmoving. A gull,
the eternal
gull, flies as
always, eyes alert

beak pointing
to the life-giving
water. Time
falters but for

the broad river-
craft which
low in the water
moves grad-

ually, edging
between the smeared

모터 달린 바지선

모터 달린 바지선이
다리에 있다
대기는 납빛
부서진 얼음

꼼짝도 않고. 갈매기,
그 영원의
갈매기, 늘 그렇듯
날고, 눈은 초롱초롱

부리는 가리킨다
생명을 주는
물을. 시간이
꾸물대지만

그 널찍한
강 건너는 배는
강에서 낮게
천천히 움직

이고, 기름때 절은
격벽 사이에서

bulkheads,
churning a mild

wake, laboring
to push past
the constriction
with its heavy load

살살 움직이고
부드러운 뱃자국

휘저으며, 무거운
짐 실은
압박감 밀어내며
묵직하게 나아가고

The Well Disciplined Bargeman

The shadow does not move. It is the water moves,
running out. A monolith of sand on a passing barge,
riding the swift water, makes that its fellow.

Standing upon the load the well disciplined bargeman
rakes it carefully, smooth on top with nicely squared
edges to conform to the barge outlines —— ritually: sand.

All about him the silver water, fish-swift, races
under the Presence. Whatever there is else is moving.
The restless gulls, unlike companionable pigeons,

taking their cue from the ruffled water, dip and circle
avidly into the gale. Only the bargeman raking
upon his barge remains, like the shadow, sleeping

잘 훈련된 바지선 선장

그 그림자는 움직이지 않는다. 움직이는 것은 물이다,
흘러 나가는. 지나는 바지선 위엔 하나 된 모래 더미
재빠른 물살을 타고, 그걸 친구 삼는다.

그 더미 위에 서서 잘 훈련된 바지선 선장은 조심스레
갈퀴질한다. 매끄럽게 고르며 모서리는 깔끔한 직각으로
바지선 윤곽에 맞추어서 — 격식대로: 모래를.

그 주변 모든 건 은빛 물결, 물고기 떼들, 그 현존
아래에서 경주하고. 그밖에 거기 있는 건 뭐든지 움직인다.
쉴 새 없는 갈매기들은, 다정한 비둘기들과는 달리,

주름진 물결에서 신호를 얻어서, 몸을 담그고 돌풍
속으로 열렬하게 원을 그린다. 바지선 선장만이
바지선 위에서 갈퀴질하다, 그림자처럼, 잠들어 있다

Raindrops on a Briar

I, a writer, at one time hipped on
painting, did not consider
the effects, painting,
for that reason, static, on

the contrary the stillness of
the objects —— the flowers, the gloves ——
freed them precisely by that
from a necessity merely to move

in space as if they had been ——
not children! but the thinking male
or the charged and deliver-
ing female frantic with ecstasies;

served rather to present, for me,
a more pregnant motion: a
series of varying leaves
clinging still, let us say, to

the cat-briar after last night's
storm, its waterdrops

청미래덩굴에 맺힌 빗방울

작가인 나, 한때, 그림 좀
알았지, 느낌은 고려하지
않았지, 그런 이유로
정물화를 그리면서,

오히려, 대상들의
그 정지가 — 꽃들, 장갑들 —
바로 그로 인해 늘 그랬던 것처럼
그저 공간 속에서 움직여야 할

필요성에서 대상들을 해방시켰어 —
아이들은 아니고! 생각하는 남자라든가
혹은 그토록 격렬하게 날뛰며 야단하는
해산하는 여인이었다면 그랬겠지만;

오히려, 내게는, 적절했지,
더 함축적인 움직임을 보여 주기에:
다양한 이파리들 시리즈
일테면, 간밤 폭풍우 지나고

청미래덩굴에 고요히 매달린
또 거기 맺힌 물방울들

ranged upon the arching stems

irregularly as an accompaniment.

아치 모양 줄기에 드문드문
반주처럼 정렬해 있는.

Suzanne

Brother Paul! look!
—— but he rushes to a different
window.
The moon!

I heard shrieks and thought:
What's that?

That's just Suzanne
talking to the moon!
Pounding on the window
with both fists:

Paul!   Paul!

—— and talking to the moon.
Shrieking
and pounding the glass
with both fists!

Brother Paul! the moon!

수잔

폴 오빠! 좀 봐!
— 하지만 그는 다른 창문으로
돌진하고.
달이야!

그 외침을 듣고 나는 생각했다:
저게 뭐지?

바로 수잔이
달에게 말을 하고 있는 것!
두 주먹으로
창문을 두드리며:

폴!   폴!

— 그리고 달에게 말하네.
소리 지르며
또 두 주먹으로
유리창 두드리며!

폴 오빠! 달이야!

The Mind Hesitant

Sometimes the river
becomes a river in the mind
or of the mind
or in and of the mind

Its banks snow
the tide falling a dark
rim lies between
the water and the shore

And the mind hesitant
regarding the stream
senses
a likeness which it

will find — a complex
image: something
of white brows
bound by a ribbon

of sooty thought
beyond, yes well beyond

망설이는 마음

때로 그 강은
마음속 강이 되어
혹은 마음의
혹은 마음속과 마음의

그 강둑은 눈이 내리고
물과 기슭 사이로
밀물 썰물은 어두운
테두리를 떨구고

그래서 망설이는 마음은
그 물결을 보고
알아챈다
그것이 발견하게 될

어떤 유사성을 ─ 복잡한
어떤 이미지: 그 너머
거뭇한 사유의
끈으로 고정된

하얀 널판들의
어떤 것, 그래 저 너머

the mobile features
of swiftly

flowing waters, before
the tide will
change
and rise again, maybe

재빠르게
흘러가는 물의

움직이는 형상들, 그 전에
물결은
바뀔 것이고
다시 일어나겠지, 아마도.

Philomena Andronico

With the boys busy
at ball
in the worn lot
nearby

She stands in
the short street
reflectively bouncing
the red ball

Slowly
practiced
a little awkwardly
throwing one leg over

(Not as she had done
formerly
screaming and
missing

But slowly
surely) then

필로메나 안드로니코

근처
낡은 공터에서
소년들은
공으로 정신없고

여자애는 그
짧은 길거리에 서서
그 빨간 공을
반사적으로 튕긴다

천천히
연습하여
약간 어색하게
한 다리를 내뻗으며

(전에
그랬던 것처럼
소리 지르며
놓치지는 않고

다만 천천히
확실하게) 그러고는

pausing throws
the ball

With a full slow
very slow
and easy motion
following through

With a slow
half turn —
as the ball flies
and rolls gently

At the child's feet
waiting —
and yet he misses
it and turns

And runs while she
slowly
regains her former
pose

멈춰 서서 그 공을
던진다

최대한 느리게
매우 느리게
쉬운 동작으로
이어서 뻗으며

천천히
반 바퀴 돈다 ―
공이 날아
부드럽게 굴러

기다리고 있던
남자아이의 발에 ―
그런데 남자애는 그만
공을 놓치고 돌아서서

달리면 그동안 여자아이는
천천히
이전의 자세를
다시 취한다

Then shoves her fingers
up through
her loose short hair
quickly

Draws one stocking
tight and
waiting
tilts

Her hips and
in the warm still
air lets
her arms
    Fall

Fall
loosely
(waiting)
at her sides

그러곤 손가락으로
헝클어진 짧은 머리
재빨리
쓸어 올리고

한쪽 스타킹
단단히 끌어당기고
기다린다
엉덩이

기우뚱
따스하고 고요한
대기에
두 팔
　　떨구고

(기다리면서)
옆구리에
헐겁게
떨구고

4부

후기 시편 모음집(1950)

Every Day

Every day that I go out to my car
I walk through a garden
and wish often that Aristotle
had gone on
to a consideration of the dithyrambic
poem —— or that his notes had survived

Coarse grass mars the fine lawn
as I look about right and left
tic toc ——
And right and left the leaves
upon the yearling peach grow along
the slender stem

No rose is sure. Each is one rose
and this, unlike another,
opens flat, almost as a saucer without
a cup. But it is a rose, rose
pink. One can feel it turning slowly
upon its thorny stem

날마다

내 차를 타러 나가는 날엔 늘
나는 정원을 지나 걸으며
가끔 바라곤 해. 아리스토텔레스가
주신(酒神)을 찬미하는
시에 대한 고민까지 나아갔기를
— 아니면 그의 주석이 살아남았기를

뚜벅뚜벅 —
오른편 왼편을 살펴보니
성긴 풀이 섬세한 잔디를 망치고
좌우로 일년생 복숭아 위로
이파리들이 그 가느다란 줄기 따라
자라고 있네

어떤 장미도 확실치 않아. 각각이 하나의 장미
또 이것은, 다른 것과 달리,
평평하게 열리네, 구근 없이 거의
받침으로만. 하지만 그것은 장미, 분홍
장미. 가시 많은 줄기 위에서 그것이
천천히 도는 걸 느낄 수 있어.

A Note

When the cataract dries up, my dear
all minds attend it.
There is nothing left. Neither sticks
nor stones can build it up again
nor old women with their rites of green twigs

Bending over the remains, a body
struck through the breast bone
with a sharp spear —— they have borne him
to an ingle at the wood's edge
from which all maidenhood is shent

—— though he roared
once the cataract is dried up and done.
What rites can do to keep alive
the memory of that flood they will do
then bury it, old women that they are,
secretly where all male flesh is buried.

어떤 메모

그 폭포가 말라붙으면, 저기요
온 마음들이 그걸 주목하지요.
아무것도 남지 않았어요. 막대기들도
돌들도 그걸 다시 쌓을 수는 없는 법
초록 나뭇가지로 성사를 치르는 늙은 여인들도.

잔해들 위로 구부리며, 어떤 육신
날카로운 창이 가슴뼈를
꿰뚫고 지나간 — 그들이 그를
숲 가장자리 화로로 이끌었고요
거기서 모든 처녀성 훼절되고

— 비록 그가 으르렁거렸어도
일단 그 폭포가 말라붙으면 그걸로 끝.
그토록 넘치게 흘렀던 기억을 살려 두기 위해
어떤 의식을 할 수 있을지 그들은 할 것이니
그러곤 그걸 묻겠지, 늙은 여인들이라서,
모든 남자의 살이 묻혀 있는 곳에 비밀스레.

Seafarer

The sea will wash in
but the rocks — jagged ribs
riding the cloth of foam
or a knob or pinnacles
    with gannets —
are the stubborn man.

He invites the storm, he
lives by it! instinct
with fears that are not fears
but prickles of ecstasy,
a secret liquor, a fire
that inflames his blood to
coldness so that the rocks
seem rather to leap
at the sea than the sea
to envelope them. They strain
forward to grasp ships
or even the sky itself that
bends down to be torn
upon them. To which he says,
It is I! I who am the rocks!

뱃사람

바다는 밀려올 것이다.
하지만 그 바위들 ― 포말의 옷을 타는
뾰족한 능골들,
혹바위 혹은 부비새 노니는
   뾰족 바위들은 ―
그 완고한 인간이라.

그는 폭풍우를 초대한다, 그는
폭풍우로 사니까! 두려움 어린
본능, 두려움 아니라
환희의 가시들,
비법으로 빚은 술, 그의
피를 추위에 타오르게 하는
불, 그래서 바다가 바위들을
감싸기보다는 바위들이
바다를 타넘는
듯하고. 바위들은 앞으로
기울인다 배들을 움켜쥐려고
심지어 그 위에 찢겨
엎드린 하늘마저
움켜잡으려. 거기다 대고 그가 말한다,
그게 나야! 내가 바로 그 바위들!

Without me nothing laughs.

나 없으면 어떤 것도 웃지 않아.

The Sound of Waves

A quatrain? Is that
the end I envision?
Rather the pace
which travel chooses.

Female? Rather the end
of giving and receiving
—— of love: love surmounted
is the incentive.

Hardly. The incentive
is nothing surmounted,
the challenge lying
         elsewhere.

No end but among words
looking to the past,
plaintive and unschooled,
wanting a discipline

But wanting
more than discipline

파도 소리

사행시? 그것이
내가 그려 보는 목적인가?
그보다는 여행이
선택하는 속도.

여성형인가? 그보다는
주고 또 받는 목적
— 사랑의: 극복되는 사랑이
그 격려책이지.

아마 아닐 것. 격려책은
극복되는 것이 아니라,
다른 어딘가에 있는
　　　　도전이라서.

목적이 아니라 과거를
바라보는 단어들 사이에 있는,
애처롭고 학교도 못 다닌,
기강도 없고

하지만 기강
이상의 것도 부족한 채

a rock to blow upon
as a mist blows

or rain is driven
against some
headland jutting into
a sea —— with small boats

perhaps riding under it
while the men fish
there, words blowing in
taking the shape of stone

    .   .   .   .   .

Past that, past the image:
a voice!
out of the mist
above the waves and

the sound of waves, a
voice   .   speaking!

안개가 때리듯
바위에 때리고

혹은 비가
바다로 툭 튀어나온
땅에 몰아치듯 — 그 아래
아마도 작은 배들이

떠 있어서
거기서 어부들이
고기를 잡고, 단어들은
돌의 형상으로 불어오고

. . . . .

거길 지나서, 그 이미지를 지나서:
목소리 하나!
안개를 헤치고
파도를 넘어 그리고

파도 소리를 넘어,
목소리 하나가 · 말을 하네!

The Hard Core of Beauty

The most marvellous is not
        the beauty, deep as that is,
but the classic attempt
        at beauty,
at the swamp's center: the
        dead-end highway, abandoned
when the new bridge went in finally.
        There, either side an entry
from which, burned by the sun,
        the paint is peeling —
two potted geraniums .
        Step inside: on a wall, a
painted plaque showing
        ripe pomegranates .
— and, leaving, note
        down the road — on a thumbnail,
you could sketch it on a thumbnail —
        stone steps climbing
full up the front to
        a second floor
minuscule
        portico

아름다움의 단단한 핵심[4]

가장 놀라운 것은
            아름다움이 아니라, 그토록 깊은,
아름다움을 향한,
            늪의 한가운데를 향한,
그 고전적인 시도
            막다른 고속도로의 끝에, 새로운
다리가 마침내 들어서게 되자 방치된.
            거기, 어느 입구에서든
들어가 보면, 햇빛에 타서,
            페인트 벗겨진 ─
제라늄 화분 두 개 .
            안에 들어가면: 벽에,
도색된 명판 잘
            익은 석류 그려진 .
─ 그리고, 떠나면, 길
            아래 메모가 ─ 엄지손톱에,
당신은 그걸 엄지손톱에 스케치할 수 있어 ─
            이층으로
앞에 꽉 찬
            돌계단을 오르면
매우 작은
            포르티코 현관

peaked like the palate

        of a child! God give us again

such assurance.

      There are

        rose bushes either side

this entrance and plum trees

        (one dead) surrounded

at the base by worn-out auto-tire

        casings! for what purpose

but the glory of the Godhead

        that poked

her twin shoulders, supporting

        the draggled blondness

of her tresses, from beneath

        the patient waves.

And we? the whole great world abandoned

        for nothing at all, intact,

the lost world of symmetry

        and grace: bags of charcoal

piled deftly under

        the shed at the rear, the

ditch at the very rear a passageway

아이의 입천장처럼
　　　　　뾰족한! 하느님이 우리에게
다시 그런 확신을 주시네.
　　　　　이 입구
　　　　　　　　　양쪽에는
장미 덤불과 자두나무들
　　　　　(하나는 죽었고) 바닥에
닳은 자동차 타이어 껍데기들
　　　　　에워싸고! 하느님의 영광 말고
어떤 목적으로,
　　　　　그녀의 머릿단
내려오는 금발을 받치는
　　　　　그 두 어깨를 콕콕
찔렀던 그 신성 말고, 참을성 많은
　　　　　파도 아래에서.
또 우리는? 그 위대한 세계 전체가 버려졌어
　　　　　아무 이유도 없이, 온전히,
잃어버린 균형과
　　　　　우아함의 세계: 숯 봉지들
뒤쪽 창고 아래
　　　　　아슬아슬 쌓여 있고,
바로 뒤 도랑, 진흙 사이

through the mud,
triumphant! to pleasure,
pleasure; pleasure by boat,
a by-way of a Sunday
to the smooth river.

길에,
의기양양하게! 즐거움엔
즐거움으로; 배를 타는 즐거움,
잔잔한 강으로 가는
일요일의 샛길.

The Lesson

The hydrangea
pink cheeked nods its head
a paper brain
without a skull

a brain intestined
to the invisible root
where
beside the rose and acorn

thought lies communal
with
the brooding worm
True but the air

remains
the wanton the dancing
that
holding enfolds it

a flower
aloof

교훈

분홍 뺨의
수국이 머리를 까닥까닥
두개골 없는
종이 두뇌를

안 보이는 뿌리까지
구불구불 연결된 두뇌를
거기에서
장미와 도토리 옆에

사상이 합심하여
놓여 있네
알을 품은 벌레와 함께
진실이나 허공은

남아서
제멋대로 춤추며
그 소유가
그것을 감싸고

한 송이 꽃
초연하게

Flagrant as a flag
it shakes that seamy head

or
snaps it drily
from the anchored stem
and sets it rolling

깃발처럼 찬란히
층층의 머리를 흔드네

아니면
닻 내린 줄기에서
그걸 건조하게 딱 꺾어서
구르게 하네

from Two Pendants: for the Ears

ELENA

You lean the head forward
and wave the hand,
with a smile,
twinkling the fingers
    I say to myself
    Now it is spring
    Elena is dying

What snows, what snow
enchained her —
she of the tropics
is melted
    now she is dying

The mango, the guava
long forgot for
apple and cherry
wave good-bye

    now it is spring

귀걸이 펜던트 둘에서

엘레나

당신은 머리를 앞으로 수그리고
손을 흔드네요,
웃으며,
손가락들 반짝반짝 빛나고
　　나는 혼자 말합니다
　　지금은 봄이고
　　엘레나가 죽어 가고 있다고

어떤 눈, 어떤 눈이
그녀를 가두었는지 ─
열대지방의 그녀는
녹고 있어요
　　이제 그녀는 죽어 가고 있어요

사과와 체리 때문에
오랫동안 잊고 있던
망고, 구아바가
작별의 손짓을 하고

　　지금은 봄이고

Elena is dying
    Good-bye

You think she's going to die?
said the old boy.
She's not going to die — not now.
In two days she'll be
all right again. When she dies
she'll

    If only she wouldn't
exhaust herself, broke
the sturdy woman, his wife. She
fights so. You can't quiet her.

When she dies she'll go out
like a light. She's done it now
two or three times when
the wife's had her up, absolutely
out. But so far she's always
come out of it.
    Why just an hour ago

엘레나는 죽어 가요
　　안녕

돌아가실 것 같아?
그 늙은 아들이 말했지요.
돌아가시지 않을 거야 — 지금은 아니야.
이틀 정도 지나면
다시 괜찮아질 거야. 돌아가실 때 되면
돌아가시겠지만

　　그렇게 기운을 빼지만
않으시면, 그 건장한
여인네, 그의 아내가 끼어드네요.
그렇게 싸우시네요. 어머님을 진정시킬 수가 없네요.

돌아가실 때는 불이 꺼지듯
툭 가실 거야. 여태까지도
두세 번 그랬으니까 안사람이
일으켰을 때, 깜박 넘어가셨거든.
하지만 지금까지는 늘
깨어나셨어.
　　아니 한 시간 전만 해도

she sat up straight on that bed, as
straight as ever I saw her
in the last ten years, straight
as a ram-rod. You wouldn't believe
that would you? She's not
going to die   she'll be
raising Cain, looking for her grub
as per usual in the next two
or three days, you wait and see

Listen, I said, I met a man
last night told me what he'd brought
home from the market:

> 2 patridges
> 2 Mallard ducks
> a Dungeness crab
> 24 hours out
> of the Pacific
> and 2 live-frozen
> trout
> from Denmark

어머님은 침대에 똑바로 앉으셨으니,
지난 10년 동안 내가 본 이래로
가장 꼿꼿하게, 총 꽃을대처럼
꼿꼿하게. 믿지 못할
거지만 아무렴요?
돌아가시지 않을 거예요   물론
난리를 치시겠지요, 여느 때처럼
이틀 사흘 후에도 먹을 걸
찾으실걸요, 기다렸다가 한번 보세요.

잘 들어, 내가 말했지, 간밤에
한 남자를 만났는데, 가게에서 뭘
사 왔는지 이야기해 주더군요.

　　　　자고새 두 마리
　　　　청둥오리 두 마리
　　　　게 두 마리
　　　　태평양에서 나온 지
　　　　스물네 시간 된
　　　　또 산 채 얼린
　　　　송어 두 마리
　　　　덴마크산

What about that?
Elena is dying (I wonder)
willows and pear trees
whose encrusted branches
blossom all a mass
attend her on her way —

a guerdon
      (a garden)
       and cries of children
   indeterminate
Holy, holy, holy

        (no ritual
but fact   .   in fact)

   until
the end of time (which is now)

How can you weep for her? I
cannot, I her son — though

어떤가요?
엘레나가 죽어 가고 있어요(글쎄)
버드나무들 배나무들
딱지 않은 가지들에서
흐드러지게 피어나는 꽃들이
그녀가 가는 길을 수행하고 —

하나의 포상
        (뜰 하나)
        그리고 아이들 함성 소리
    들릴 듯 말 듯
거룩하고, 거룩하고, 거룩하신

        (미사는 아니고
하지만 사실   .   사실은)

    마침내
때가 되면(그게 지금인데)

당신이 어떻게 우리 엄마를 딱해하며 웁니까?
아들인 나도 눈물이 안 나는데 —

I could weep for her without
compromising the covenant

  She will go alone.

—— or pat to the times: go wept
by a clay statuette
    (if there be miracles)
a broken head of a small
St. Anne who wept at a kiss
from a child:
    She was so lonely

And Magazine # 1 sues Magazine
2, no less guilty —— for libel
or infringement or dereliction
or confinement
Elena is dying (but perhaps
not yet)

Pis-en-lit attend her (I see
the children have been here)

나는 울어도 되는 사람인데도
우는 게 이상한 것도 아닌데도

　　　그녀는 홀로 떠나겠지요.

── 아니면 시절에 다독다독: 가서
작은 진흙 조각상에게 울어 달라고
　　　　　(만약 기적이 있다면)
아이가 입을 맞추자
울어 버린 작은 안나 성녀의
부서진 머리:
　　　　　그녀는 너무 외로웠어요

그리고 매거진 1호가 매거진
2호를 고소하고, 역시 유죄 ── 명예훼손이나
권리침해거나 직무유기
혹은 감금
엘레나가 죽어 가고 있어요 (그치만 아마도
아직은 아니에요)

민들레가 그녀를 수행하고 (여기
그 아이들이 있었던 게 보이네요.)

Said Jowles, from under the
Ionian sea: What do you think
about that mirale, Doc? —— that
little girl kissing
the head of that statue and making
it cry?

        I hadn't
seen it.
       It's in the papers,
tears came out of the eyes.
I hope it doesn't turn
out to be something funny.

Let's see now: St. Anne
is the grandmother of Jesus. So
that makes St. Anne the mother
of the Virgin Mary

      M's a great letter, I confided.

조엘이 말했죠, 이오니아해
저 아래서: 선생님, 이 기적을
어떻게 생각하시나요? — 그
어린 소녀가
그 조각상 머리에 입맞춤해서
조각상이 우는 일요?

　　　　　　　난 아직 그건
못봤어요.
　　　　　　　　　신문에 났어요,
눈에서 눈물이 나왔다고요.
그게 우스꽝스러운 무언가로
판명되지 않기를 바랄 뿐이에요.

이제 봅시다: 성녀 안나는
예수님의 할머니지요. 그래서
성녀 안나는 동정녀 마리아의
어머니가 되고요.

　　　　엠(M)은 위대한 문자예요, 내가 털어놓았죠.

What's that? So now it gets
to be Easter — you never know.

Never. No, never.

The river, throwing off sparks
in a cold world

In this a private foight
            or kin I get into it?

This is a private fight.

Elena is dying.
In her delirium she said
a terrible thing:

Who are you? NOW!
I, I, I stammered. I
am your son.

Don't go. I am unhappy.

그게 뭐지? 이제 곧
부활절이 오겠네요 — 모르죠 그건.

　　아니. 정말, 모르죠.

강은, 차가운 세계에
빛을 던지고

　　이건 혼자만의 쌈인가요[5]
　　　아님 내가 끼어들 수 있는 일인가요?

이건 혼자만의 싸움이지요.

　　엘레나는 죽어 가고 있어요.
섬망으로 그녀는
끔찍한 말을 하네요:

너 누구야? **당장!**
나, 나, 나는 말을 더듬었어요. 나는
당신 아들이에요.

가지 마. 싫어.

About what? I said

About what is what.

The woman (who was watching)
added:
She thinks I'm her father.

Swallow it now: she wants
to do it herself.

  Let her spit.

At last! she said two days later
coming to herself and seeing me:

      — but I've been here
every day, Mother.

      Well why don't
they put you where I can see you

뭣 땜에요? 내가 말했지요.

뭣 땜에가 뭐라고.

그 여자가 (지켜보고 있다가)
덧붙이길:
어머닌 저를 자기 아버지라고 생각하네요.

이제 꿀꺽 삼키세요: 어머닌
스스로 하고 싶어 하네요.

　　직접 뱉어 내게 하세요.

드디어 왔구나! 그녀가 이틀 뒤에 말했어요
의식이 들어 나를 보면서:

　　　— 그치만 전 여기
매일 있었어요, 어머니.

　　　글쎄 왜
그이들은 그럼 내가 너를 볼 수 있는 곳에

then?

   She was crying this morning,
said the woman, I'm glad you came.

          Let me clean your
glasses.

      They put them on my nose!
They're trying to make a monkey
out of me.

      Were you thinking
of La Fontaine?

          Can't you give me
something to make me disappear
completely, said she sobbing — but
completely!

          No I can't do that
Sweetheart (You God damned belittling

너를 두지 않지?

    오늘 아침 어머니는 울고 있었어요,
그 여자가 말했죠, 선생님이 오셔서 다행이예요.

            컵 좀
씻어 드릴게요.

        그 사람들이 그것들을 내 코에 넣었어!
그 사람들 나를 아주 바보 멍텅구리로
만들려고 하고 있어.

    라퐁텐[6]을 생각하고
있었어요?

    나를 완벽하게 싹 사라지게
해 줄 뭔가를 나한테 줄 수 없을까,
그녀가 홀쩍이며 말했어요 — 다만
완벽하게 싹!

        아니 그럴 수 없어요
어머니 (지랄 맞은 바보

fool, said I to myself)

There's a little Spanish wine,
pajarete

    p-a-j-a-r-e-t-e
But pure Spanish! I don't suppose
they have it any more.

(The woman started to move her)

But I have to see my child

Let me straighten you

I don't want the hand (my hand)
there (on her forehead)
—— digging the nail of
her left thumb hard into my flesh,
the back of my own thumb
holding her hand .   .   .

멍텅구리야, 나한테 속으로 말했지요)

작은 스페인산 와인이 있네요,
빠하레떼[7]

　　　빠-하-레-떼
하지만 순 스페인산! 이젠 그게
나오지 않는 걸로 아는데.

(그 여자가 그녀를 옮기기 시작했어요)

그래도 내가 내 아이를 봐야 해

자세를 좀 펴 드릴게요

내키지 않는데 그 손(내 손을)
거기(어머니 이마 위에)
── 엄마 왼쪽 엄지손톱이
내 살갗을 찔러 파고드네요,
어머니 손을 쥐고 있는
내 엄지 뒤를 .　.　.

"If I had a dog ate meat
on Good Friday I'd kill him."
said someone off to the left

Then after three days:
I'm glad to see you up and doing,
said she to me brightly.

I told you she wasn't going to
die, that was just a remission,
I think you call it, said
the 3 day beard in a soiled
undershirt

I'm afraid I'm not much use
to you, Mother, said I feebly.
I brought you a bottle of wine

—— a little late for Easter

Did you? What kind of wine?
A light wine?

"성 금요일에 고기를 먹는
개가 있으면 그놈 죽여 버릴 거야."
누군가 왼쪽으로 가면서 말했어요.

그러고 사흘 뒤:
네가 거기 와서 뭔가 하는 걸 보니 좋구나,
어머니가 내게 즐거이 말했어요.

내가 말했지요, 어머니가 돌아가실 것
같지 않다고, 그냥 잠깐 나빠지는 거라고,
이를테면, 말예요, 꾀죄죄한
셔츠를 입은
사흘간 면도도 못한 이가 말했어요

어머니한테 제가 그리 큰 도움이
안 되는 것 같아요, 엄마, 내가 힘없이 말했죠.
제가 와인 한 병 가지고 왔어요

— 부활절 축하하기엔 좀 늦었지만

그랬어? 어떤 와인인데?
가벼운 와인이야?

Sherry.

What?

Jeres. You know, *jerez*. Here
      (giving it to her)

So big! That will be my baby
now!
    (cuddling it in her arms)
Ave Maria Purissime! It is heavy!
I wonder if I could take
a little glass of it now?

                Has
she eaten anything yet?

                Has
she eaten anything yet!

Six oysters —— she said

셰리 와인이에요.

뭐라고?

예레스. 아시잖아요, 예레스. 자요
        (어머니께 그걸 드리며)

아주 크구나! 이제
내 보물 1호가 되겠다!
                        (자기 팔에 그걸 껴안으며)
아이고 성모님! 묵직하네!
지금 작은 잔으로 한 잔
마실 수 있을까?

                어머니가 뭔가
좀 드셨는지요?

                어머니가 뭔가
좀 드셨지요!

굴 여섯 개 — 여자가 말하길

she wanted some fish and that's
all we had. A round
of bread and butter and a
banana

My God!

—— two cups of tea and some
ice-cream.

Now she wants the wine.

Will it hurt her?

No, I think
nothing will hurt her.

She's
one of the wonders of the world
I think, said his wife.

(To make the language

생선을 좀 드시고 싶어 하셨는데
그것밖에 없었어요.
빵 한 조각, 버터, 그리고
바나나 하나

　　　　　맙소사!

── 차 두 잔에다 아이스크림
약간.

　　　　이제 와인도 드시고 싶다 하세요.

나쁠까요?

　　　　　아니, 어머님한테
나쁠 건 하나도 없어요.

　　　　어머님은
이 세상 신비 중 하나예요,
내 생각엔, 그의 아내가 말했어요.

　　　　　(그 언어가 그걸

record it, facet to facet
not bored out ——

               with an auger.

—— to give also the unshaven,
        the rumblings of a
catastrophic past, a delicate
defeat —— vivid simulations of
the mystery   .   )

We had leeks for supper, I said
What?

   Leeks! Hulda
gave them to me, they were going
to seed, the rabbits had
eaten everything else. I never
tasted better —— from Pop's old
garden   .

   Pop's old what?

기록하게 하는 것, 편편하게,
뚫지 않고 ―

        나사송곳으로.

― 또 면도도 안 한 사람에게
        끔찍한 과거의
웅성거림을, 미묘한
패배를 주는 것 ― 그 신비를
생생하게 되살려 내는 일   .   )

저녁거리로 대파가 있었는데, 내가 말했어요
뭐?

    대파! 헐다가
나한테 줬어요, 꽃대가
올라와 씨가 맺힐 참이라
다른 건 토끼가 다 먹어 치웠고.
최고로 맛있었는데 ― 아버지 오랜
뜰에서요   .

    아빠의 오래된 뭐?

I'll have to clean out her ears

So my year is ended. Tomorrow
it will be April, the glory gone
the hard-edged light elapsed. Where
it not for the March within me,
the intensity of the cold sun, I
could not endure the drag
of the hours opposed to that weight,
the profusion to come later, that
comes too late. I have already
swum among the bars, the angular
contours, I have already lived
the year through

                    Elena is dying

The canary, I said, comes and sits
on our table in the morning
at breakfast, I mean walks about
on the table with us there
and pecks at the table-cloth

어머니 귀지를 좀 파 드려야겠어요

그렇게 나의 해가 끝났어요. 내일은
4월이 될 것이고, 영광은 가고
그 뾰족한 빛은 흘렀어요. 내 안에
3월만 없다면,
그 차가운 태양의 강렬함, 나는
견딜 수 없었어요 그 질질 끄는
시간들, 그 무게와 아주 다른,
나중에 오는 그 풍성함과도,
너무 늦게 오는 것. 나는 이미
그 빗장 사이에서 헤엄쳤어요, 그
각진 윤곽들, 나는 이미
그해를 다 살아 버린 거예요

　　　　　　엘레나가 죽어 가고 있어요

카나리아 한 마리, 내가 말했죠, 와서 앉아 있네요,
아침에 우리가 식사 할 때
식탁 위에, 내 말은, 식탁 위에서
우리와 함께 걸어 다녀요 거기서
식탁보를 쪼아 대지요

He must

be a smart little bird

Good-bye!

그 새는 분명
똑똑한 작은 새라네

안~녕!

5부

사막의 음악과 다른 시들(1954)

빌과 폴에게

To Daphne and Virginia

The smell of the heat is boxwood
      when rousing us
            a movement of the air
stirs out thoughts
     that had no life in them
          to a life, a life in which
two women agonize:
     to live and to breathe is no less.
        Two young women.
The box odor
     is the odor of that of which
         partaking separately,
each to herself
     I partake also
        .   .   separately.

Be patient that I address you in a poem,
     there is no other
        fit medium.
The mind
     lives there. It is uncertain,
        can trick us and leave us

다프네와 버지니아에게

그 열기 내음은 회양목류
　　　우리를 깨울 때
　　　　대기의 내음이
우리 사유를 뒤흔든다
　　　그 안에는 생명이 없었다
　　　　두 여인이 몸부림치는
어떤 생명으로 향하는:
　　　살아 숨 쉬는 것은 못지않다.
　　　　두 젊은 여인이여.
그 상자 냄새는
　　　따로따로 참여하는
　　　　것의 냄새,
각자에게
　　　나 또한 따로따로
　　　　.　　.　참여한다.

인내하라, 내가 시에서 당신에게 말하는 것,
　　　어떤 다른 적절한
　　　　매체는 없고.
마음은
　　　거기에 살고. 그건 확실치 않아서,
　　　　우리를 속이고 우리를 버려둘 수 있다

agonized. But for resources
  what can equal it?
    There is nothing. We
should be lost
  without its wings to
    fly off upon.

The mind is the cause of our distresses
  but of it we can build anew.
    Oh something more than
if flies off to:
  a woman's world,
    of crossed sticks, stopping
thought. A new world
  is only a new mind.
    And the mind and the poem
are all apiece.
  Two young women
    to be snared,
odor of box,
  to bind and hold them
    for the mind's labors.

비통하게. 원천이 아니라면
　　　무엇이 그와 나란할 수 있을까?
　　　　아무것도 없다. 우리는
길을 잃고
　　　달아서 날 수 있는
　　　　날개 없이는.

마음은 우리 괴로움의 원인
　　　하지만 거기서 우리는 새로워진다.
　　　　　아 마음이 날아가는
그 너머 어떤 것:
　　　한 여인의 세계,
　　　　　교차한 막대들의,
생각을 멈추고. 새로운 세계는
　　　다만 새로운 마음인 것.
　　　　　그 마음과 시는
모두 제각각.
　　　두 젊은 여인들,
　　　　덫에 걸리게 될,
상자의 냄새,
　　　마음의 노동을 위해
　　　　그들을 묶어 가둘.

All women are fated similarly

       facing men

            and there is always

another, such as I,

       who loves them,

            loves all women, but

finds himself, touching them,

       like other men,

            often confused.

I have two sons,

       the husbands of these women,

          who live also

in a world of love,

       apart.

            Shall this odor of box in

            the heat

not also touch them

       fronting a world of women

          from which they are

debarred

모든 여인들은 비슷한 운명
　　　남자들과 마주할 때
　　　　　항상 또 다른
사람이 있어서, 가령 나와 같은 이,
　　　이 여인들을 사랑하는,
　　　　　모든 여인들을 사랑하는, 하지만
그 자신, 다른 남자들처럼,
　　　종종 혼란스러워져
　　　　　그들을 만지게 되지.

나는 아들이 둘이다,
　　　이 여인들의 남편들,
　　　　　그들도 마찬가지로
사랑의 세계에 산다,
　　　각각.
　　　　　상자의 이 냄새는
　　　　　열기 속에서
그들을 만지지 않게 될까
　　　여인들의 세계를 대면하며
　　　　　그들에게는
금지된 것

by the very scents which draw them on
against easy access?
In our family we stammer unless,
half mad,
we come to speech at last

And I am not
a young man.
My love encumbers me.
It is a love
less than
a young man's love but,
like this box odor
more penetrant, infinitely
more penetrant,
in that sense not to be resisted.

There is, in the hard
give and take
of a man's life with
a woman
a thing which is not the stress itself

그들이 손쉽게 접촉하지
            않게끔 하는 바로 그 향기들?
우리 가족 안에서도 우리는 말을 더듬는다,
        반쯤 미쳐서,
                마침내 우리가 말해야 할 때를 빼곤

그리고 나는
        젊은이가 아니다.
                내 사랑은 나를 방해한다.
그것도 하나의 사랑이다
        젊은이의 사랑보다
                덜한 사랑이긴 해도,
이 상자 냄새처럼
        더 속속 스미는 냄새를 풍긴다, 무한히
                더 속속 스미는,
그 점에서 저항 못할 냄새다.

이런 게 있지, 단호한
        주고받음 같은,
                여자와 함께하는
                남자의 인생에는
그 자체로 스트레스는 아닌 것

but beyond

        and above

that,

      something that wants to rise

        and shake itself

free. We are not chickadees

    on a bare limb

      with a worm in the mouth.

The worm is in our brains

    and concerns them

      and not food for our

offspring, wants to disrupt

    our thought

      and throw it

to the newspapers

    or anywhere.

      There is, in short,

a counter stress,

    born of the sexual shock,

      which survives it

consonant with the moon,

    to keep its own mind.

하지만 그 너머
그 위로
보자면,
일어나기를 원하는 어떤 것
그리하여 자유롭게 흔들고
싶어 하지. 우리는 헐벗은 나뭇가지 위에서
입 안에 벌레 한 마리 물고 있는
박새가 아니다.
그 벌레는 우리 두뇌 안에 있으면서
우리의 두뇌를 걱정한다
또 우리 자손들을
위한 음식이 아니라, 우리 생각을
흔들어 대고
그걸 던져 버리고 싶어 한다
신문에다
아님 다른 어디로.
요약하자면,
정반대의 스트레스가 있는데,
성적 충격에서 생겨난,
이 스트레스는 달과
일치하는 생각보다 오래 살아,
마음을 바로잡아 준다.

There is, of course,

more.

Women

are not alone

in that. At least

while this healing odor is abroad

one can write a poem.

Staying here in the country

on an old farm

we eat our breakfasts

on a balcony under an elm.

The shrubs below us

are neglected. And

there, penned in,

or he would eat the garden,

lives a pet goose who

tilts his head

sidewise

and looks up at us,

a very quite old fellow

who writes no poems.

물론, 더한

것도 있다.
　　　　여인들은
　　　　　　그 점에서
혼자가 아니다. 적어도
　　　이 치유의 냄새가 밖에 있는 동안에는
　　　　　시를 쓸 수 있다.

여기 시골에 머물면서
　　　오래된 농가에서
　　　　　우리는 아침을 먹는다
느릅나무 아래 발코니에서.
　　　우리 아래 작은 나무들은
　　　　　버려져 있다. 또
거기엔, 우리에 갇힌, 가두지 않으면
　　　그 뜰을 다 먹어 치울지 모르는
　　　　　거위 한 마리가 살아서,
머리 끼우뚱
　　　옆으로 하고선
　　　　　우릴 올려다본다,
아주 조용한 늙은 녀석,
　　　그는 시를 쓰지 않는다.

Fine mornings we sit there
while birds
    come and go.
    A pair of robins
is building a nest
    for the second time
      this season. Men
against their reason
    speak of love, sometimes,
      when they are old. It is
all they can do   .
    or watch a heavy goose
      who waddles, slopping
      nosily in the mud of
      his pool.

맑은 아침 우리는 거기에 앉고
새들이
　　　왔다 갔다 한다.
　　　　　올새 한 쌍이
둥지를 짓고 있다
　　　이 계절
　　　　　두 번째다. 남자들은
나이가 들면, 가끔씩,
　　　그네들 논리와 다르게
　　　　　사랑을 이야기한다. 그게
그들이 할 수 있는 전부다　　　.
　　　혹은 뚱뚱한 거위를 보는 것
　　　　　뒤뚱뒤뚱, 웅덩이
　　　　　진흙에서 시끄럽게
　　　　　분탕질하는.

The Orchestra

The precise counterpart
    of a cacophony of bird calls
        lifting the sun almighty
into his sphere: wood-winds
    clarinet and violins
        sound a prolonged A!
Ah! the sun, the sun! is about to rise
    and shed his beams
        as he has always done
upon us all,
    drudges and those
        who live at ease,
women and men,
    upon the old,
        upon children and the sick
who are about to die and are indeed
    dead in their beds,
        to whom his light
is forever lost. The cello
    raises his bass note
        manfully in the treble din:
Ah, ah and ah!

오케스트라

새소리의 불협화음과
　　　　정확히 대응되는 것이
　　　　　　　전능하신 태양을 들어 올리네
그의 영역으로: 목관악기들
　　　　클라리넷과 바이올린이
　　　　　　　긴 가음을 내고!
아! 태양이, 태양이! 막 떠올라
　　　　빛을 비추려고 하고
　　　　　　　늘 그러했듯이
우리 모두에게,
　　　　고되게 일하는 사람들과
　　　　　　　편안히 사는 사람들,
여자들과 남자들,
　　　　늙은이들 위로,
　　　　　　　아이들과 아픈 사람들
막 죽을 것 같은 또 정말로
　　　　침상에서 죽은 사람들,
　　　　　　　그들에게 태양의 빛은
영원히 가신 것. 첼로가
　　　　베이스 음을 가다듬고
　　　　　　　제일 높은 음에서 대담하게:
아, 아, 그리고 아!

together, unattuned
seeking a common tone.
Love is that common tone
shall raise his fiery head
and sound his note.

The purpose of an orchestra
is to organize those sounds
and hold them
to an assemble order
in spite of the
"wrong note." Well, shall we
think or listen? Is there a sound addressed
not wholly to the ear?
We half close
our eyes. We do not
hear it through our eyes.
It is not
a flute note either, it is the relation
of a flute note
to a drum. I am wide
awake. The mind

함께, 다듬어지지 않아도
공통의 음색을 찾고 있다.
사랑은 그 공통의 음색이
열렬한 머리를 들어
음을 소리 내는 것.

오케스트라의 목적은
그 소리들을 조직해서
소리들을 끌고 가는 것
조화로운 질서로
"틀린 음"도
아랑곳없이. 그래, 우리
생각해 볼까 아님 들어 볼까? 전적으로 귀로만
향하지 않는 소리가 있지?
우리는 눈을
반쯤 감는다. 우리는 그 소리를
눈으로만 듣지는 않는다.
그건
플루트 음도 마찬가지, 플루트 음이
드럼과 맺는
관계. 나는 완전히
깨어 있다. 마음이

is listening. The ear
                is alerted. But the ear
in a half-reluctant mood
        stretches
                .   .   and yawns.

And so the banked violins
        in three tiers
                enliven the scene,
pizzicato. For a short
        memory or to
                make the listener listen
the theme is repeated
        stressing a variant:
                it is a principle of music
to repeat the theme. Repeat
        and repeat again,
                as the pace mounts. The
theme is difficult
        but no more difficult
                than the facts to be

듣고 있다. 귀는
　　　　　예민하게 열려 있고. 하지만
귀는 반쯤 주저하는 분위기로
　　　　활짝 펴고
　　　　　.　.　　그리고 하품한다.

그리고 세 번째 줄에서
　　　　옆으로 기운 바이올린들은
　　　　　　그 장면을 손끝으로 뜯는 음으로
더 생기 있게 만들고. 짧은
　　　　기억을 되살리거나
　　　　　　듣는 이들이 그 주제를
귀 기울여 듣게 하려고
　　　　변주를 반복하여 강조하고:
　　　　　　주제를 반복하는 것
그것이 음악의 원칙이지. 반복하고
　　　　또 반복하고,
　　　　　　흐름이 고조될수록. 그
주제는 난해하다
　　　　하지만 그 사실들이
　　　　　　마무리되어야 하는 것보다

resolved. Repeat

    and repeat the theme

        and all it develops to be

until thought is dissolved

    in tears.

        Our dreams

have been assaulted

    by memory that will not

        sleep. The

French horns

    interpose

        .   .   their voices:

I love you. My heart

    is innocent. And this

        the first day of the world!

Say to them:

"Man has survived hitherto because he was too ignorant

to know how to realize his wishes. Now that he can realize

them, he must either change them or perish."

Now is the time

더 난해하지는 않다. 반복하라
　　　　주제를 반복하라
　　　　　　　그러면 그 모든 것이 고조되어
마침내 사유가 녹아내리지
　　　　눈물 속에서.
　　　　　　　우리의 꿈들은
계속 공격받아 왔다
　　　　잠들지 않는
　　　　　　　기억에 의해. 그
프렌치호른이
　　　　그 목소리들을
　　　　　　　　.　　.　끼워 넣고:
사랑해. 내 마음은
　　　　정직해서. 이날이
　　　　　　　세계의 첫날!

그들에게 말하라:
"지금까지 인간은 살아남았다 너무 천진해서 소망들을
어떻게 실현할지 몰랐기에. 이제 그 소망들을
이룰 수 있으니, 그는 소망을 바꾸거나 아니면 멸망하게 될 것."

지금이야말로 그때다

in spite of the "wrong note"
                    I love you. My heart is
innocent.
            And this the first
                        (and last) day of the world

The birds twitter now anew
                but a design
                            surmounts their twittering.
It is a design of a man
                that makes them twitter.
                    It is a design.

　　　　“틀린 음”이 있어도
　　　　　　　사랑해. 내 마음은
정직해서.
　　　　그래서 이날이
　　　　　　　그 세계의 첫날(이자 마지막 날)

새들은 이제 새롭게 지저귄다
　　　　하지만 어떤 계획이
　　　　　　　새들의 지저귐을 앞지른다.
그건 바로 새들을 지저귀게 하는
　　　　인간의 계획.
　　　　　　　그것은 어떤 계획이다.

The Host

According to their need,
> this tall Negro evangelist
>> (at a table separate from the
>> rest of his party);

these two young Irish nuns
> (to be described subsequently);
>> and this white-haired Anglican

have come witlessly
> to partake of the host
>> laid for them (and for me)

by the tired waitresses.

It is all
> (since eat we must)
>> made sacred by our common need.

The evangelist's assistants
> are most open in their praise
>> though covert

as would be seemly
> in such a public
>> place. The nuns

are all black, a side view.

주인 노릇

그들의 필요에 따라서,
　　　키 큰 이 흑인 전도사는
　　　　　(그 무리의 나머지 사람들과
　　　　　떨어진 테이블에서);
이 두 젊은 아일랜드 출신 수녀들과
　　　(뒤이어서 묘사될 것인데);
　　　　　또 백발의 성공회 목사는
아무 생각 없이 왔다
　　　지친 하녀가
　　　　　그들에게 (또 내게) 마련한
이 주인 노릇에 참가하려고.

그건 전부
　　　(우리는 먹어야 하니까)
　　　　　우리 공통의 필요에 따라 신성하게 마련된 것.
그 전도사의 조수들은
　　　대부분 찬양에 열려 있지
　　　　　은밀한 방식이긴 하지만
그런 공적인 자리에서
　　　점잖아 보이도록
　　　　　적당히. 수녀들은
모두 검은 옷을 입고, 옆모습만 보이네.

The cleric,

       his head bowed to reveal

his unruly poll

     dines alone.

My eyes are restless.

     The evangelists eat well,

       fried oysters and what not

at this railway restaurant. The Sisters

     are soon satisfied. One

       on leaving,

looking straight before her under steadfast brows,

     reveals

       blue eyes. I myself

have brown eyes

     and a milder mouth.

There is nothing to eat,

     seek it where you will,

       but of the body of the Lord.

The blessed plants

     and the sea, yield it

그 목사는,
　　　머리를 숙이고 있어
제멋대로인 머리가
　　　혼자 식사 중임을 말해 주네.

내 시선은 쉴 새 없어.
　　' 전도사들은 잘 먹네,
　　　　튀긴 굴과 또
기차 식당엔 없는 것들. 수녀들은
　　　금방 배가 불러. 한 사람은
　　　　일어나면서,
자기 앞에 변함없는 이마들 아래를 빤히 바라보고,
　　　알고 보니
　　　　푸른 눈이네. 나는
갈색 눈에
　　　더 부드러운 입매야.

먹을 게 아무것도 없네,
　　　어디든 가서 구해 봐,
　　　　주님의 몸 말고.
축복받은 식물들과
　　　바다가, 그걸 내어주네

to the imagination

intact. And by that force

it becomes real,

bitterly

to the poor animals

who suffer and die

that we may live.

The well-fed evangels,

the narrow-lipped and bright-eyed nuns,

the tall,

white-haired Anglican,

proclaim it by their appetites

as do I also,

chomping with my worn-out teeth:

the Lord is my shepherd

I shall not want.

No matter how well they are fed,

how daintily

they put the food to their lips,

it is all

according to the imagination!

온전한
상상에. 또 그 힘으로
　　　그것은 진짜가 되네,
　　　　　고통받고 죽는
가련한 동물들에게는
　　　쓰라리게
　　　　　그래서 우리는 살아갈지도.

실컷 먹은 전도사들,
　　　얇은 입술과 반짝이는 눈의 수녀님들,
　　　　　그 키 큰,
백발의 성공회 목사가,
　　　그걸 잘 보여 주네, 자기네들 식욕으로,
　　　　　나 또한 그러하듯,
내 닳아빠진 이로 우적우적 씹으며:
　　　주님은 나의 목자시니
　　　　　내게 부족함이 없으리로다.
얼마나 잘 대접받아 잘 먹든지,
　　　얼마나 얌전히
　　　　　음식을 입술로 가져가든지,
그건 모두
　　　상상에 따른 것!

Only the imagination

       is real! They have imagined it,

           therefore it is so:

of the evangels,

       with the long legs characteristic of the race —

           only the docile women

of the party smiled at me

       when, with my eyes

           I accosted them.

The nuns — but after all

       I saw only a face, a young face

           cut off at the brows.

It was a simple story.

       The cleric, plainly

           from a good school,

interested me more,

       a man with whom I might

           carry on a conversation.

No one was there

       save only for

           the food. Which I alone,

다만 상상력만이
　　　　진짜여서! 그들은 그걸 상상했던 것이고,
　　　　　　그래서 그런 것이니:
전도사들에 대해,
　　　　그 인종의 특징인 긴 다리를 가진,
　　　　　　그 무리에서
그 순한 여인들만이 내게 웃었지
　　　　내 시선이
　　　　　　그들에게 말을 걸었을 때.
그 수녀들은 — 그런데 결국
　　　　나는 한 사람의 얼굴만 보았던 건데,
　　　　　　이마에서 잘린 젊은 얼굴만.
그건 단순한 이야기였지.
　　　　그 성직자가, 그이는 분명
　　　　　　좋은 학교를 나왔을 텐데,
나는 더 관심이 갔어,
　　　　내가 함께 대화를 이어 나갈 수도
　　　　　　있을 것 같았으니.

아무도 거기에 없었지
　　　　다만
　　　　　　음식만. 나만 혼자,

being a poet,

　　　　could have given them.

　　　　　　But I

had only my eyes

　　　　with which to speak.

시인이었으니,
그이들에게 줄 수도 있었을 텐데.
하지만 나는
눈만 있었으니
그 시선으로 말을 했지.

6부

사랑으로 가는 길(1955)

아내에게

The Ivy Crown

The whole process is a lie,
    unless,
        crowned by excess,
it break forcefully,
    one way or another,
        from its confinement —
or find a deeper well.
    Antony and Cleopatra
        were right;
they have shown
    the way. I love you
        or I do not live
at all.

Daffodil time
    is past. This is
        summer, summer!
the heart says,
    and not even the full of it.
        No doubts
are permitted —
    though they will come

담쟁이 덩굴 왕관

그 전 과정은 거짓말,
　　　　과잉의 왕관을 쓰고,
　　　　　　어떻게 해서든,
그 얽매임에서
　　　　이런 식 혹은 저런 식으로,
　　　　　　단호하게 벗어나지 않으면 ─
아니면 더 깊은 우물을 찾는다.
　　　　안토니우스와 클레오파트라는
　　　　　　옳았다;
그들은 그 길을
　　　　보여 주었다. 사랑해
　　　　　　아니면 나는 정말
사는 게 아니야.

수선화 계절이
　　　　지났다. 이제
　　　　　　여름이다, 여름!
마음이 말한다,
　　　　아직 한여름은 아니라 해도.
　　　　　　어떤 의심도
안 된다 ─
　　　　의심들이 생기겠지만

        and may

before our time

      overwhelm us.

         We are only mortal

but being mortal

      can defy our fate.

      We may

by an outside chance

      even win! We do not

        look to see

jonquils and violets

      come again

        but there are,

still,

      the roses!

Romance has no part in it.

      The business of love is

        cruelty *which*,

by our wills,

      we transform

        to live together.

그리고 그것들이 아마도

우리의 시간이 끝나기 전에

우리를 압도할 수도 있겠지만

우리는 다만 언젠가는 죽는데

하지만 언젠가 죽는다는 것이

우리의 운명을 거스를 수 있다.

우리는

만에 하나

이길 수도 있다! 우리는

살펴보지 않는다

노랑 수선화와 제비꽃이

다시 온 것을

하지만 거기엔,

아직도,

장미꽃들이!

로맨스는 거기서 어떤 역할도 없다.

사랑이라는 일은

가혹함, 그것을

우리는 우리 의지로

바꾸어

함께 살아간다.

It has its seasons,

      for and against,

           whatever the heart

fumbles in the dark

      to assert

           toward the end of May.

Just as the nature of briars

      is to tear flesh,

           I have proceeded

through them.

      Keep

           the briars out,

they say.

      You cannot live

           and keep free of

briars.

Children pick flowers.

      Let them.

           Though having them

in hand

      they have no further use for them

그건 자기 계절이 있어서,
　　　함께하든 반대하든,
　　　　　어쨌든 마음은
어둠 속에서 더듬거린다
　　　5월의 끝을 향해
　　　　　　단호해지려고.
들장미들의 특징이
　　　살을 찢는 것이듯,
　　　　　　나는 계속해 왔다
그것들을 지나서.
　　　들장미들은
　　　　　　밖에 그냥 두어라,
사랑의 계절들이 말한다.
　　　살면서
　　　　　　들장미들을
그냥 놔두는 건 불가능하지.

아이들이 꽃을 꺾는다.
　　　그렇게 하게 하려무나.
　　　　　손에
꽃을 들고 있지만
　　　그 꽃들 더는 쓸 수는 없기에

                    but leave them crumpled
at the curb's edge.

At our age the imagination
                    across the sorry facts
                              lifts us
to make roses
          stand before thorns.
                    Sure
love is cruel
          and selfish
                    and totally obtuse —
at least, blinded by the light,
          young love is.
                    But we are older,
I to love
          and you to be loved,
                    we have,
no matter how,
          by our wills survived
                    to keep
the jeweled prize

　　　　　　다만 뭉개진 채로
길 가장자리에 놔둘 뿐.

우리 시대에 상상력은
　　　　애석한 사실들을 가로질러
　　　　　　　우리를 들어 올려
장미들이
　　　가시 앞에 설 수 있게 한다.
　　　　　　　그래
사랑은 가혹하고
　　　이기적이고
　　　　　　둔하기 그지없다 ——
적어도, 그 빛에 눈이 먼
　　　젊은 사랑은 그렇다.
　　　　　　하지만 우리 더 나이 먹었으니,
나는 사랑하고
　　　당신은 사랑받고,
　　　　　　우리는,
어떻게든,
　　　우리 의지로 살아남아서
　　　　　　그 보석 같은 포상을
항상

always

        at our finger tips.

We will it so

    and so it is

        past all accident.

우리 손끝에 바로
　　지니고 있다.
우린 그렇게 할 것이고
　　그렇게 그것은
　　　　모든 사건을 지나서 있다.

The Sparrow
(To My Father)

This sparrow

        who comes to sit at my window

                is a poetic truth

more than a natural one.

        His voice,

                his movements,

his habits —

        how he loves to

                flutter his wings

in the dust —

        all attest it;

                granted, he does it

to rid himself of lice

        but the relief he feels

                makes him

cry out lustily —

        which is a trait

                more related to music

than otherwise.

        Wherever he finds himself

                in early spring,

on back streets

참새
(아버지께)

내 창가에 와 앉는
　　　이 참새는
　　　　　　하나의 시적 진실이다
자연적 진실 그 이상으로.
　　　참새 목소리는,
　　　　　　그 움직임은,
그 습관은 ―
　　　날개 파닥이는 걸
　　　　　　얼마나 좋아하는지
먼지 속에서 ―
　　　모두가 그걸 증명해;
　　　　　당연히, 참새는
이를 없애려고 그리하는데
　　　그가 느끼는 안도감이
　　　　　그를
활기차게 짹짹거리게 하네 ―
　　　그건 하나의 특징
　　　　　다른 어떤 것보다
음악과 더 관련된.
　　　자신을 발견하는 곳 어디서든
　　　　　이른 봄
뒤쪽 거리에서

or beside palaces,

       he carries on

unaffectedly

       his amours.

          It begins in the egg,

his sex genders it:

       What is more pretentiously

          useless

or about which

       we more pride ourselves?

          It leads as often as not

to our undoing.

       The cockerel, the crow

          with their challenging voices

cannot surpass

       the insistence

          of his cheep!

Once

       at El Paso

          toward evening,

I saw —— and heard! ——

       ten thousand sparrows

혹은 궁궐 같은 집 옆에서,
　　　　참새는
꾸밈없이
　　　사랑을 나누네.
　　　　　　알에서 시작해서,
참새의 정사가 낳은 알:
　　　그보다 더 젠체하며
　　　　　　쓸모없는 게 있을까
아니면 우리가 어떻게
　　　그보다 더 당당할 수 있을까?
　　　　　　그건 대체로
우리의 실패로 끝이 나지.
　　　어린 수탉, 까마귀도
　　　　　　그 대드는 목소리로도
계속되는
　　　참새의 쩍쩍을
　　　　　　이길 수는 없어!
한때
　　　엘파소에서
　　　　　저녁 무렵,
나는 보았지 ─ 그리고 들었어! ─
　　　수만 마리 참새들이

who had come in from

the desert

　　to roost. They filled the trees

　　　　of a small park. Men fled

(with ears ringing!)

　　from their droppings,

　　　　leaving the premises

to the alligators

　　who inhabit

　　　　the fountain. His image

is familiar

　　as that of the aristocratic

　　　　unicorn, a pity

there are not more oats eaten

　　nowadays

　　　　to make living easier

for him.

　　At that,

　　　　his small size,

keen eyes,

　　serviceable beak

　　　　and general truculence

사막에서
몰려와 자리 잡고
있는 걸. 작은 공원의 나무들 가득
채웠지. 사람들 도망갔지
(귀가 쟁쟁 울리니!)
참새들 똥을 피해서,
그것들을
연못에 사는
악어들에게
양보하며. 그의 이미지는
익숙해서
어느 귀족의 유니콘
이미지처럼,
먹어 치운 귀리가 더는 없다는 건 유감
오늘날 참새의
생활을 더 편하게
하는.
그래,
참새의 작은 체구,
예리한 눈,
쓸 만한 부리와
일반적인 호전성이

assure his survival ——
      to say nothing
           of his innumerable
brood.
      Even the Japanese
         know him
and have painted him
      sympathetically,
           with profound insight
into his minor
      characteristics.
         Nothing even remotely
subtle
      about his lovemaking.
      He crouches
before the female,
      drags his wings,
        waltzing,
throws back his head
      and simply ——
        yells! The din
is terrific.

그의 생존을 보장해 주지 —
　　　셀 수 없이 많은
　　　　　　참새 새끼들은
물론이고.
　　　일본인들도
　　　　　　그를 알아서
그 그림을 그렸지
　　　공감을 표하는 그림을,
　　　　　　심오한 통찰력을
참새의 작은
　　　특징들에 쏟으며.
　　　　　　짝짓기에 대해서라면
은근함과는 정말이지
　　　거리가 한참 멀어.
　　　　　　그는 암컷 앞에서
쪼그리고 앉아,
　　　날개를 끌어당겨,
　　　　　　왈츠를 추다,
머리를 뒤로 젖히네
　　　그러고는 그냥 —
　　　　　　소리 지르네! 그 소리는
정말 끝내줘.

The way he swipes his bill
          across a plank
to clean it,
          is decisive.
               So with everything
he does. His coppery
          eyebrows
               give him the air
of being always
          a winner — and yet
               I saw once,
the female of his species
          clinging determinedly
               to the edge of
a water pipe,
          catch him
               by his crown-feathers
to hold him
          silent,
               subdued,
hanging above the city streets
          until

부리를 깨끗이 하려고
널빤지에 왔다갔다
문지르는 방식이,
정말로 단호해.
그가 하는 모든 것이
그러하다네. 그의 구릿빛
눈썹이
그에게 항상
승자인 것 같은
분위기를 줘 ─ 하지만
나는 한번 보았어,
참새들 중 암컷이
수도 파이프
구석에서
완강하게 매달려,
그를 잡으려고
그 왕관 같은 깃털을
붙잡는 것을
그는 조용하네,
진압된 듯,
도시 거리 위에서 매달려
마침내

                    she was through with him.
What was the use
         of that?
                   She hung there
herself,
         puzzled at her success.
                   I laughed heartily.
Practical to the end,
         it is the poem
                  of his existence
that triumphed
         finally;
                   a wisp of feathers
flattened to the pavement,
         wings spread symmetrically
                  as if in flight,
the head gone,
         the black escutcheon of the breast
                  undecipherable,
an effigy of a sparrow,
         a dried wafer only,
                  left to say

　　　　　　　　　　　암컷이 수컷을 해치웠지.
무슨 소용이었는지
　　　　　　그것이?
　　　　　　　　　　　그녀가 거기 매달렸지
몸소,
　　　　　자기 성공에 당황하여.
　　　　　　　　　　나는 진심으로 웃었네.
끝까지 실용적인,
　　　　　그것은 시,
　　　　　　　　　마침내
승리한
　　　　　그의 존재의 시;
　　　　　　　　　깃털 한 가닥이
도로에 납작하고,
　　　　　날개는 마치 비행 중일 때처럼
　　　　　　　　　수평으로 펼쳐져 있다,
머리는 떨어져 나갔다,
　　　　　가슴의 그 검은 방패는
　　　　　　　　　판독 불가,
참새 모형은,
　　　　　다만 말라붙은 제병,
　　　　　　　　　남아서 말하네

and it says it
>   without offense,
>   beautifully;
This was I,
>   a sparrow.
>   I did my best;
farewell.

그래 그것이 그걸 말하네
　　　화도 안 내고,
　　　　　아름답게;
이게 나였어,
　　　참새 한 마리.
　　　　　난 최선을 다했어;
안녕.

Tribute to the Painters

Satyrs dance!
  all the deformities take wing
    centaurs
leading to the rout of the vocables
  in the writings
of Gertrude
  Stein — but
    you cannot be
an artist
  by mere ineptitude
The dream
  is in pursuit!

The neat figures of
  Paul Klee
    fill the canvas
but that
  is not the work
    of a child
The cure began, perhaps,
  with the abstractions
    of Arabic art

화가들에게 바치는 헌사

사티로스 신들이 춤을 춘다!
그 모든 기형들이 날개를 하고
켄타우로스
모음들의 완패로 이끌고
거트루드
스타인의
글에서 ─ 하지만
당신은
예술가가 될 수 없어
단순한 기량 부족으로
그 꿈은
쫓고 있지만!

파울 클레의
깔끔한 형상들이
캔버스를 가득 채우네
하지만 그것은
아이의
작품이 아니야
치료는 시작했어, 아마도,
아랍 예술의
추상화들과 함께

Durer

      with his *Melancholy*

         was ware of it ——

the shattered masonry. Leonardo

      saw it,

         the obsession,

and ridiculed it

      in *La Gioconda.*

         Bosch's

congeries of tortured souls and devils

      who prey on them

         fish

swallowing

      their own entrails

Freud

      Picasso

         Juan Gris.

The letter from a friend

      saying:

         For the last

three nights

      I have slept like a baby

뒤러는
        이걸 알고 있었지
                그의 「멜랑콜리」와 함께 ─
그 산산조각 난 석조. 레오나르도가
        그걸 보았지,
                그 집착을,
그리고 그걸 비꼬았지
        「모나 리자」에서.
                시달리는 영혼들과
그들을 먹이 삼는 악령들에 대한
        보슈의 무더기 작품들
                자기 내장을
삼키는
        물고기
프로이트
        피카소
                후안 그리스.
친구에게서 온 편지가
        말하네:
                지난
사흘 밤 동안
        나는 아기처럼 잠을 잤지

                    without
liquor or dope of any sort!
          We know
                    that a stasis
from a chrysalis
          has stretched its wings-
                    like a bull
or the Minotaur
          or Beethoven
                    in the scherzo
of his 9th Symphony
          stomped
                    his heavy feet
I saw love
          mounted naked on a horse
                    on a swan
the back of a fish
          the bloodthirsty conger eel
                    and laughed
recalling the Jew
          in the pit
                    among his fellows

236

술이나
그 비슷한 약도 없이!
　　　　우리는 알지
　　　　　　번데기에서
나오는 끈끈이가
　　　　날개를 쭉 편 것을 —
　　　　　　황소처럼
혹은 미노타우로스처럼
　　　　혹은 9번 교향곡
　　　　　　스케르초에서
베토벤이
　　　무거운 발을
　　　　　쿵쿵 굴렀던 것처럼
나는 보았어 사랑이
　　　말 위에 발가벗고 올라탄 것을
　　　　　백조 위에
물고기 등
　　　그 피에 굶주린 붕장어
　　　　　그리고 웃었어
그 유대인을 소환하며
　　　구덩이에서
　　　　　동료들 한가운데

when the indifferent chap

    with the machine gun

        was spraying the heap.

He

    had not yet been hit

      but smiled

comforting his companions.

Dreams possess me

    and the dance

        of my thoughts

involving animals

    the blameless beasts

and there came to me

    just now

        the knowledge of

the tyranny of the image

    and how

        men

in their designs

    have learned

      to shatter it

그 무심한 녀석이
　　　　기관총으로
　　　　　　　그 더미에 갈기고 있을 때.
그는
　　　　아직 맞지는 않았지만
　　　　　　　웃었지
동료들을 위로하면서.

꿈이 나를 소유하고
　　　　동물들
　　　　　　　그 무해한 짐승들에 관한
내 사유의
　　　　춤이
또 내게로 왔지
　　　　이제 막
　　　　　　　이미지의
독재를 알게 되고
　　　　또 어떻게
　　　　　　　사람이
자기 계획 속에서
　　　　그걸 부수는 법을
　　　　　　　배우게 되는지

whatever it may be,

    that the trouble

        in their minds

shall be quieted,

    put to bed

        again.

그게 무엇이 되든,
  그들 마음속
    그 고민이
잠잠해지리란 것을,
    다시
      잠들 거란 걸.

The Pink Locust

I'm persistent as the pink locust,
      once admitted
            to the garden,
you will not easily get rid of it.
      Tear it from the ground,
            if one hair-thin rootlet
remain
      it will come again.
            It is
flattering to think of myself
      so. It is also
            laughable.
A modest flower,
      resembling a pink sweet-pea,
            you cannot help
but admire it
      until its habits
            become known.
Are we not most of us
      like that? It would be
            too much
if the public

분홍 아카시아

나는 버티고 있어 한때 그 뜰에
　　　허락되었던
　　　　　분홍 아카시아처럼,
당신은 그걸 쉽게 없애지 못할 거야.
　　　땅에서 그걸 뽑아 봐, 만약
　　　　　머리카락처럼 가는 뿌리가
하나라도 남아 있다면
　　　그건 다시 올 것이니.
　　　　　나를
그렇게 생각한다면 그건
　　　지나친 칭찬. 또
　　　　　우스운 일이야.
점잖은 꽃 한 송이,
　　　분홍 스위트피를 닮았네,
　　　　　당신은
그 꽃을 찬탄할 수밖에 없을걸
　　　그 습성이
　　　　　알려질 때까지는.
우리 대부분이 실은
　　　그와 같지 않은가? 그건
　　　　　너무 심하지 않을까
만약 사람들이

pried among the minutiae
of our private affairs.
Not
that we have anything to hide
but could *they*
stand it? Of course
the world would be gratified
to find out
what fools we have made of ourselves.
The question is,
would they
be generous with us —
as we have been
with others? It is,
as I say,
a flower
incredibly resilient
under attack!
Neglect it
and it will grow into a tree.
I wish I could so think of myself
and of what

우리 사적인 일들을
　　　　꼬치꼬치 엿본다면 말이야.
우리가 숨길 것이
　　　　있어서가 아니라
　　　　　　그들이 어떻게
그걸 견딜 수 있겠어? 물론
　　　　세상은 흐뭇해하겠지
　　　　　　우리가 그간
어떤 바보짓을 해 왔는지 알게 되면.
　　　　문제는,
　　　　　　그들이
우리에게 관대할 것인가 —
　　　　우리가 다른 이들에게
　　　　　　관대했던 것처럼? 그건,
말하자면,
　　　　꽃 한 송이가
　　　　　　공격 앞에서 믿기 어려운
회복력으로 일어서듯이!
　　　　그걸 가만 놔두면
　　　　　　한 그루 꽃나무로 자라날 거야.
나 자신에 대해서도 그렇게 생각할 수 있으면 좋겠네
　　　　그것이

is to become of me.
The poet himself,
what does he think of himself
facing his world?
It will not do to say,
as he is inclined to say:
Not much. The poem
would be in *that* betrayed.
He might as well answer ——
"a rose is a rose
is a rose" and let it go at that.
A rose *is* a rose
and the poem equals it
if it be well made.
The poet
cannot slight himself
without slighting
his poem ——
which would be
ridiculous.
Life offers
no greater reward.

내가 되어 가는 것이니.
시인 자신은
　　　　자신의 세계와 마주하는
　　　　　　　자신에 대해 무얼 생각하는지?
말하고 싶은 대로
　　　　말하는 것은 통하지 않을 것이고:
　　　　　　　그다지. 시는
배반되는 그 속에서 존재할지니.
　　　　시인은 대답하는 게 낫겠네 —
　　　　　　　"장미는 장미이며
장미이다"라고 그리고 그렇게 되도록.[8]
　　　　장미는 장미지
　　　　　　　그리고 그렇게 되는 거라면
시는 그와 동등하게 되는 것.
　　　　시인은
　　　　　　　자신을 무시할 수 없는 법
자기 시를
　　　　무시하지 않고는 —
　　　　　　　그건
말도 안 되는 일.
　　　　그보다 더 큰 보상
　　　　　　　인생은 주지 않아.

And so,

     like this flower,

         I persist ——

for what there may be in it.

     I am not,

         I know,

in the galaxy of poets

    a rose

         but who, among the rest,

will deny me

    my place.

그러니,
　　　이 꽃과 같이
　　　　　나는 버틴다네 ─
그 안에 무엇이 있든지 간에.
　　　나는 알아,
　　　　　시인들의 은하수 안에
나는 있지 않다는 것을
　　　나는 장미는 아니야
　　　　　하지만 나머지 중 누가,
부정할 것인가 나를
　　　나의 자리를.[9]

from Asphodel, That Greeny Flower

BOOK II

Approaching death,

    as we think, the death of love,

        no distinction

any more suffices to differentiate

    the particulars

        of place and condition

with which we have been long

    familiar.

        All appears

as if seen

    wavering through water.

        We start awake with a cry

of recognition

    but soon the outlines

        become again vague.

If we are to understand our time,

    we must find the key to it,

        not in the eighteenth

and nineteenth centuries,

    but in earlier, wilder

아스포델, 그 연초록 꽃에서

두 번째 책

죽음이 가까워 와서,
　　　　우리 사랑의 죽음을 생각할 때,
　　　　　　　어떤 분별도
더는 충분하지 않소, 우리가 오랫동안
　　　　익숙했던
　　　　　　　조건과 장소의
그 구체적인 것들을
　　　　구별하기엔.
　　　　　　　모든 것이
물속을 통과하여 흔들흔들 하는 듯
　　　　그렇게 보여요.
　　　　　　　우리는 깨어나기 시작하지
어떤 인식의 비명과 함께
　　　　하지만 곧 그 경계들은
　　　　　　　다시금 모호해지네요.
우리가 우리 시절을 이해하려면
　　　　우리는 그리로 가는 열쇠를 찾아야 하오
　　　　　　　18세기나
19세기 아니라,
　　　　혹은 더 이른, 더 거칠고

and darker epochs   .   .

So to know, what I have to know

about my own death,

if it be real,

I have to take it apart.

What does your generation think

of Cézanne?

I asked a young artist.

The abstractions of Hindu painting,

he replied,

is all at the moment which interests me.

He liked my poem

about the parts

of a broken bottle,

lying green in the cinders

of a hospital courtyard.

There was also, to his mind,

the one on gay wallpaper

which he had heard about

but not read.

I was grateful to him

for his interest.

더 어두운 시절에 ． ．

그러니, 나 자신의 죽음에 대해서

내가 알아야 하는 것은,

만약 그게 진짜라면,

나는 그걸 분리해야 한다는 것.

너희 세대는 어찌 생각하는지

세잔에 대해?

어떤 젊은 예술가에게 물어봤소.

힌두교도가 그린 추상화 그림들,

그가 대답했지,

그게 그 순간 나를 흥미롭게 하는 전부예요.

그는 내 시를 좋아했는데

깨진 병의

부분들에 대한,

병원 뜰

다 탄 재에 푸르게 누운.

그리고 그 사람 마음에는,

그가 들은 적은 있지만

읽어 보진 않았던

밝은 벽지에 대한 시가 있었소.

그 사람에게 고마웠다오

관심을 가져 주었으니.

Do you remember

>how at Interlaken

>>we were waiting, four days,

to see the Jungfrau

>but rain had fallen steadily.

>>Then

just before train time

>on a tip from one of the waitresses

>we rushed

to the Gipfel Platz

>and there it was!

>>in the distance

covered with new-fallen snow.

>When I was at Granada,

>I remember,

in the overpowering heat

>climbing a treeless hill

>>overlooking the Alhambra.

At my appearance at the summit

>two small boys

>>who had been playing

there

당신 기억나오,
　　　우리가 인터라켄에서
　　　　　나흘 동안, 기다린 일,
융프라우를 보려고
　　　그런데 비만 줄창 내렸잖소.
　　　　　그리고 나서
기차 시간 직전에
　　　여종업원 중 하나가 귀띔해 줘서
　　　　　지펠 광장으로
우리 달려갔더니,
　　　거기 그게 있었지!
　　　　　멀리
새로 내린 눈으로 뒤덮여서.
　　　내가 그라나다에 있었을 때,
　　　　　기억나요,
너무너무 더운 날에
　　　나무 하나 없는 언덕을 오르던 때
　　　　　알함브라를 내려다보면서요.
정상에 내가 나타나자
　　　거기서
　　　　　놀고 있던
두 꼬맹이들이

made themselves scarce.

        Starting to come down

by a new path

      I at once found myself surrounded

        by gypsy women

who came up to me,

      I could speak little Spanish,

        and directed me,

guided by a young girl,

    on my way.

        These were the pinnacles.

The deaths I suffered

    began in the heads

      about me, my eyes

were too keen

    not to see through

      the world's niggardliness.

I accepted it

    as my fate.

      The wealthy

I defied

    or not so much they,

자기들 몸을 숨겼잖아.
　　　　다른 길로
내려오기 시작하면서
　　　나는 금방 둘러싸이게 되었지,
　　　　　내게로 다가온
집시 여인들에게,
　　　난 스페인어를 잘 몰랐고,
　　　　　그이들이 날 끌었는데,
오는 길에
　　　한 어린 소녀가 안내해 줬고.
　　　　　이런 것들이 정점들이었지.
내가 겪은 죽음들은
　　　머릿속에서 시작했지
　　　　　나 자신에 대해, 내 눈은
너무 예리해서
　　　세상이 얼마나 시시한지
　　　　　보지 않을 수 없었고.
나는 그걸
　　　내 운명으로 받아들였소.
　　　　부자들에게
나는 반항했소,
　　　그렇게까지는 아니더라도, 그들은

for they have their uses,
as they who take their cues from them.
I lived
to breathe above the stench
not knowing how I in my own person
would be overcome
finally. I was lost
failing the poem.
But if I have come from the sea
it is not to be
wholly
fascinated by the glint of waves.
The free interchange
of light over their surface
which I have compared
to a garden
should not deceive us
or prove
too difficult a figure.
The poem
if it reflects the sea
reflects only

자기들 나름의 쓸모가 있어,
그들로부터 단서를 빼앗는 자들만큼이나.
　　　나는 살았소
　　　　악취 위로 숨을 쉬려고
내가 내 자신 안에서
　　　마침내 어떻게 이겨 낼지
　　　　모른 채. 그 시를 망치면서
나는 길을 잃었소.
　　　하지만 만약 내가 바다에서 왔다면
　　　　그건
반짝이는 파도에 오롯이
　　　매혹된다는 건 아닐 거요.
　　　　바다의 표면 위로
빛이 자유로이 오가고
　　　내가 정원에
　　　　비유했던 것,
그 빛이 우리를 속이지도
　　　혹은 너무 어려운 형상이
　　　　되지도 말아야잖소.
시는
　　　만약 바다를 비춘다면,
　　　　그 심오한 깊이 위에서

its dance

        upon that profound depth

            where

it seems to triumph.

        The bomb puts an end

            to all that.

I am reminded

        that the bomb

            also

is a flower

        dedicated

            howbeit

to our destruction.

        The mere picture

            of the exploding bomb

fascinates us

        so that we cannot wait

            to prostrate ourselves

before it. We do not believe

        that love

            can so wreck our lives.

The end

바다의 춤만을
　　　비추기에
　　　　　거기선
승리한 듯 보이는 법.
　　　그 모든 것들에
　　　　　폭탄이 종말을 고하오.
생각나오
　　　그 폭탄도
　　　　　마찬가지로
한 송이 꽃이라고
　　　하지만
　　　　　우리의 파괴에
바쳐지는 꽃.
　　　그 터지는 폭탄
　　　　　사진만 봐도
우리는 매혹되기에
　　　그래서 우리는 곧바로
　　　　　그 앞에
납작 엎드리게 되잖소. 사랑이
　　　우리 인생을 망칠 수도 있다는 걸
　　　　　우린 믿지 않아요.
종말이

will come

      in its time.

Meanwhile

      we are sick to death

          of the bomb

and its childlike

      insistence.

          Death is no answer,

no answer ——

      to a blind old man

          whose bones

have the movement

      of the sea,

          a sexless old man

for whom it is a sea

      of which his verses

          are made up.

There is no power

      so great as love

          which is a sea,

which is a garden ——

      as enduring

오겠지요
　　　때가 되면.
그러는 동안에
　　　우리는 지긋지긋해지지
　　　　　　폭탄과
또 폭탄의 천진한
　　　고집에.
　　　　　　죽음은 답이 아니오,
답이 아니오 ——
　　　눈이 먼 노인에게는
　　　　　　노인의 뼈들은
바다의
　　　움직임이 있어,
　　　　　　남자도 여자도 아닌 노인,
그에게 바다는
　　　그의 시구들이
　　　　　　지어낸 것.
사랑만큼 위대한
　　　힘은 없소
　　　　　　그것은 바다이고,
또 정원이라서 ——
　　　영원히 살게 될

as the verses

of that blind old man

destined

to live forever.

Few men believe that

nor in the games of children.

They believe rather

in the bomb

and shall die by

the bomb.

Compare Darwin's voyage of the *Beagle*,

a voyage of discovery if there ever was one,

to the death

incommunicado

in the electric chair

of the Rosenbergs.

It is the mark of the times

that though we condemn

what they stood for

we admire their fortitude.

But Darwin

opened our eyes

운명인
그 눈먼 노인의
　　시구들처럼
　　　　영원하지요.
그걸 믿는 사람은 거의 없소
　　아이들 게임에서도 마찬가지.
　　　　사람들은 오히려
폭탄을 믿지
　　또 폭탄 때문에
　　　　죽게 되겠지.
비교해 봐요 다윈의 비글호 항해를,
　　발견의 항해가 있다면 바로 그것인,
　　　　죽음으로 향하는
로젠버그의
　　전기의자에
　　　　갇힌 채.[10]
그것은 시대의 표징
　　그들이 대변한 것을
　　　　우리가 비난한다 해도
우리는 그들의 용기를 존경하오.
　　하지만 다윈이
　　　　세계의 정원으로 향하는

to the gardens of the world,

      as they closed them.

           Or take that other voyage

which promised so much

      but due to the world's avarice

         breeding hatred

through fear,

      ended so disastrously;

         a voyage

with which I myself am so deeply concerned,

      that of the *Pinta*,

        the *Niña*

and the *Santa María*.

      How the world opened its eyes!

      It was a flower

upon which April

      had descended from the skies!

      How bitter

a disappointment!

      In all,

        this led mainly

to the deaths I have suffered.

우리의 눈을 열었지,
　　　　그 문을 닫을 때 말이오.
　　　　　　아니면 다른 항해를 예로 들어 보지,
그토록 많은 것을 약속했으나
　　　세계의 탐욕 때문에
　　　　　두려움 통한
증오를 낳고
　　　결국 그처럼 참담하게 끝이 난;
　　　　　그 항해는
나 또한 너무 걱정이 되는데,
　　　핀타의 그것,
　　　　　　니나
그리고 산타마리아의 그것.[11]
　　　세계가 어떻게 눈을 떴는지!
　　　　　그건 꽃이었지
그 꽃 위로 4월이
　　　하늘에서 내려왔지!
　　　　　얼마나 쓰라린
실망인지!
　　　이 모든 것에서,
　　　　　이것이 주로
내가 겪은 죽음들로 이어졌지.

For there had been kindled
more minds
than that of the discoverers
and set dancing
to a measure,
a new measure!
Soon lost.
The measure itself
has been lost
and we suffer for it.
We come to our deaths
in silence.
The bomb speaks.
All suppressions,
from the witchcraft trials at Salem
to the latest
book burnings
are confessions
that the bomb
has entered our lives
to destroy us.
Every drill

왜냐하면 더 많은
            마음들에 불이 붙었기에
발견한 사람들의 마음보다
            또 춤추었기에
                어떤 기준에 맞추어,
새로운 기준에!
            금방 잃어버렸지.
                    그 기준 자체를
잃어버리고,
            우리는 힘들어하네.
                침묵 속에서 우리는
우리의 죽음으로 가요.
            그 폭탄이 말해 주네.
                모든 억압들은,
세일럼에서 있었던 마녀 재판에서부터
            최근에 있었던
                책을 태운 그 일까지,
그것들은 모두 고백이지,
            그 폭탄이
                우리를 파멸시키려고
우리 삶에 들어왔다는 고백.
            오일을 구하려고

driven into the earth

for oil enters my side

also.

Waste, waste!

dominates the world.

It is the bomb's work.

What else was the fire

at the Jockey Club in Buenos Aires

(*malos aires*, we should say)

when with Peron's connivance

the hoodlums destroyed,

along with the books

the priceless Goyas

that hung there?

You know how we treasured

the few paintings

we still cling to

especially the one

by the dead

Charlie Demuth.

With your smiles

and other trivia of the sort

땅에 뚫은
그 모든 구멍이 내 옆구리로
또한 들어오고.
낭비, 낭비!
그것이 세계를 지배하네.
그것이 바로 폭탄의 일.
그 밖의 것은
부에노스아이레스의 자키클럽에서 발생한 화재[12]
(사나운 바람 불어, 그렇게 말해야지)
페론의 묵인 아래
불량배들은 타진되었지,
그 책들과 함께,
거기 걸려 있던
값을 매길 수 없는 고야의 그림들과 함께?
알잖소, 그 그림들을
우리가 얼마나 소중히 여겼는지,
우리는 여전히 매달리네
특히 그 그림
죽은
찰리 데무스 곁에 있던.
당신 미소와 함께
또 그 비슷한 다른 하찮은 것들과 함께

my secret life

    has been made up,

        some baby's life

which had been lost

    had I not intervened.

        But the words

made solely of air

    or less,

        that came to me

out of the air

    and insisted

        on being written down,

I regret most —

    that there has come an end

        to them.

For in spite of it all,

    all that I have brought on myself,

        grew that single image

that I adore

    equally with you

        and so

it brought us together.

내 은밀한 인생이
　　　만들어졌지,
　　　　　내가 만약 개입하지 않았으면
잃어버렸을
　　　어떤 아기의 인생도.
　　　　　　하지만 그 말들은
오롯이 허공 비슷한
　　　걸로 이루어져서,
　　　　　허공으로부터
내게로 와서는
　　　또 주장하네
　　　　　거기 새겨져야 한다고,
내가 제일 후회하는 것 ──
　　　그것들에게도
　　　　　끝은 있는 법이오.
하지만 그 모든 것에도 불구하고,
　　　내가 내게 가져온 그 모든 것들이
　　　　　당신과 함께 내가
똑같이 경외하는
　　　그 하나의 이미지로 자라나
　　　　　그리하여
그것이 우리를 함께 묶어 주었지.

7부

브뤼겔의 그림들(1962)

Pictures from Brueghel

I SELF-PORTRAIT

In a red winter hat blue
eyes smiling
just the head and shoulders

crowded on the canvas
arms folded one
big ear the right showing

the face slightly tilted
a heavy wool coat
with broad buttons

gathered at the neck reveals
a bulbous nose
but the eyes red-rimmed

from over-use he must have
driven them hard
but the delicate wrists

브뤼겔의 그림들

1 자화상

빨간 겨울 모자를 쓰고
웃고 있는 파랑 눈
머리와 어깨만

화폭에 가득하네
팔짱을 낀 채 커다란
귀 하나 약간 기울인

오른쪽 얼굴이 보이고
두꺼운 모직 코트
커다란 단추들이

목덜미에 옹기종기
뭉툭한 코를 보여 주는데
너무 많이 혹사해서

붉은 테두리 두른 눈 그가
세게 몰아붙였음에 틀림없어
그러나 그 섬세한 손목들은

show him to have been a
man unused to
manual labor unshaved his

blond beard half trimmed
no time for any-
thing but his painting

그가 육체노동에 익숙하지
않은 사람임을 보여 주고
면도를 하지 않은 그의

금빛 수염은 반쯤 다듬은 채
자기 그림 말고는 어떤
것도 할 시간 전혀 없기에

II LANDSCAPE WITH THE FALL OF ICARUS

According to Brueghel
when Icarus fell
it was spring

a farmer was ploughing
his field
the whole pageantry

of the year was
awake tingling
near

the edge of the sea
concerned
with itself

sweating in the sun
that melted
the wings' wax

2 이카로스의 추락과 함께하는 풍경

브뤼겔에 따르면
이카로스가 추락한 때는
봄이었다

농부가 그의 밭을
쟁기질하고 있었다
한 해의 그 모든

다채로운 행사가
깨어나고 있었다
들썩들썩 바다

끝자락 근처에서
자기 일에만
관심 가지며

날개의 밀랍을
녹여 버린
태양 아래 땀 흘리며

unsignificantly
off the coast
there was

a splash quite unnoticed
this was
Icarus drowning

앞바다에선
사소하게
일이 하나 있었으니

아무도 몰랐던 어떤 풍덩
이것은
익사하는 이카로스였다

III THE HUNTERS IN THE SNOW

The over-all picture is winter
icy mountains
in the background the return

from the hunt it is toward evening
from the left
sturdy hunters lead in

their pack the inn-sign
hanging from a
broken hinge is a stag a crucifix

between his antlers the cold
inn yard is
deserted but for a huge bonfire

that flares wind-driven tended by
women who cluster
about it to the right beyond

3 눈 속의 사냥꾼

전체적인 그림은 겨울
얼어붙은 산들이
배경에 있고 사냥에서

돌아오는 길 저녁을
향해 가는 시간 왼편엔
건장한 사냥꾼들이 짐을

지고 가고 부러진 경첩에
매달린 여인숙 표지판에
숫사슴 한 마리 십자가상이

뿔 사이에 있고 추운
여관 마당엔 아무도
없고 커다란 모닥불만

바람에 내몰리는 불꽃들을
옹기종기 여인네들이
살피고 있고 오른편 너머로

the hill is a pattern of skaters
Brueghel the painter
concerned with it all has chosen

a winter-struck bush for his
foreground to
complete the picture   .   .

언덕엔 스케이트 타는 이들 무리
화가 브뤼겔은
그 모든 것들에 주목하며

겨울이 닥친 관목숲 택해
전경에 두고서
그 그림을 완성하네   .   .

IV   THE ADORATION OF THE KINGS

From the Nativity
which I have already celebrated
the Babe in its Mother's arms

the Wise Men in their stolen
splendor
and Joseph and the soldiery

attendant
with their incredulous faces
make a scene copied we'll say

from the Italian masters
but with a difference
the mastery

of the painting
and the mind the resourceful mind
that governed the whole

4 동방박사의 경배

내가 이미 찬미한 바 있는
그리스도 탄생에서
성모님 팔 안의 그 아기

그 현자들은 도둑맞은
광채 속에 있고
요셉과 시중드는

군인들은
못 믿겠다는 듯한 얼굴로
어떤 장면을 만든다 이탈리아 거장들을

따라했다고 우리가 말하게 될
장면을 하지만 차이가 있어서
그 그림의

숙련도와
그 정신, 지략이 넘치는 정신
그림 전체를 지배한

the alert mind dissatisfied with
what it is asked to
and cannot do

accepted the story and painted
it in the brilliant
colors of the chronicler

the downcast eyes of the Virgin
as a work of art
for profound worship

그 기민한 정신은
요청받은 것이 불만스러웠기에
어쩔 수 없이

그 이야기를 받아 그림을
그렸다 그 찬란한
연대기의 색채로

동정녀 마리아의 내리뜬 눈은
심오한 경배를 위한
하나의 예술품

V   PEASANT WEDDING

Pour the wine bridegroom
where before you the
bride is enthroned her hair

loose at her temples a head
of ripe wheat is on
the wall beside her the

guests seated at long tables
the bagpipers are ready
there is a hound under

the table the bearded Mayor
is present women in their
starched headgear are

gabbing all but the bride
hands folded in her
lap is awkwardly silent simple

5 농가의 결혼식

와인을 따르세요 신랑
당신 앞에 신부가
머리에 왕관을 쓰고 있네요

앞 관자놀이에 느슨하게
잘 익은 밀의 머리가
신부 옆 벽에 있고

손님들은 긴 테이블에 앉고
백파이프 부는 이들 준비하네
테이블 아래엔 사냥개가

있고 턱수염 기른 시장이
나와 있네 여인들은
하얀 머릿수건 쓰고

수다를 떨고 있고 신부만
양손을 무릎 위에 포갠 채
어색하게 조용하다 소박한

dishes are being served
clabber and what not
from a trestle made of an

unhinged barn door by two
helpers one in a red
coat a spoon in his hatband

식사가 차려지고 있다
굳은 우유와 탁자인지 뭔지
경첩 뗀 헛간 문으로

만든 것을 두 사람이
도와서 한 명은 빨간 상의에
숟가락일랑 모자 띠에 끼우고

VI HAYMAKING

The living quality of
the man's mind
stands out

and its covert assertions
for art, art, art!
painting

that the Renaissance
tried to absorb
but

it remained a wheat field
over which the
wind played

men with scythes tumbling
the wheat in
rows

6 건초 만들기

그 사람의 정신
그 살아 있는 자질이
두드러진다

그리고 그 은밀한 주장들
예술, 예술, 예술을 위한!
그림 그리며

르네상스가
흡수하려 했던
하지만

그것은 밀밭으로 남아 있었다
그 너머로
바람이 노닐고

낫을 든 사람들이
밀을 일렬로
잘라 놓고

the gleaners already busy
it was his own —
magpies

the patient horses no one
could take that
from him

이삭 줍는 이들은 이미 바빠
그건 브뤼겔만의 것이었어 ―
까치들

참을성 있는 말들 누구도
그에게서 그걸
빼앗지 못하리

VII THE CORN HARVEST

Summer!
the painting is organized
about a young

reaper enjoying his
noonday rest
completely

relaxed
from his morning labors
sprawled

in fact sleeping
unbuttoned
on his back

the women
have brought him his lunch
perhaps

7 추수하는 농부들[13]

여름이다!
그 그림은 구성되었다
추수하는 어떤

젊은이에 대해
한낮의 휴식을 즐기는
완전히

느긋하게
아침 노동에서
널브러져

실은 잠들어 있네
등 뒤에
단추도 풀고서

여자들이 그에게
새참을 가져다준
것 같다 아마

a spot of wine
they gather gossiping
under a tree

whose shade
carelessly
he does not share the

resting
center of
their workaday world

약간의 포도주도
여자들은 나무 아래에서
모여 떠들고

그 나무 그늘
무심히
그는 내버려 둔다 그

평범한 세상의
휴식의
중심을

VIII   THE WEDDING DANCE IN THE OPEN AIR

Disciplined by the artist
to go round
& round

in holiday gear
a riotously gay rabble of
peasants and their

ample-bottomed doxies
fills
the market square

featured by the women in
their starched
white headgear

they prance or go openly
toward the wood's
edges

8 결혼 잔치 한마당 춤

돌고
또 돌도록
그 예술가가 훈련시킨

휴일에 입는 옷 입고
왁자지껄 신나게 떠드는
농부들 무리 또 그들의

궁둥이 풍만한 애인들이
시장 광장을
가득 채우네

풀 먹인 하얀
머릿수건 쓴
여자들 눈에 띄고

껑충거리며 뛰거나
숲 가장자리 쪽으로
대놓고 가는 사람들

round and around in
rough shoes and
farm breeches

mouths agape
Oya!
kicking up their heels

돌고 또 돈다네
낡은 신발에다
농투성이 반바지 입고

입들은 벌리고서
오 예!
발꿈치 신나게 차면서

IX THE PARABLE OF THE BLIND

This horrible but superb painting
the parable of the blind
without a red

in the composition shows a group
of beggars leading
each other diagonally downward

across the canvas
from one side
to stumble finally into a bog

where the picture
and the composition ends back
of which no seeing man

is represented the unshaven
features of the des-
titute with their few

9 장님의 우화

이 끔찍한 그러나 대단한 그림
장님의 우화
붉은색 쓰지 않고

구성에서 한 무리의
거지를 보여 주네 한 사람씩
끌고 가는 아래쪽으로 비스듬히

화폭을 가로질러
한쪽에서는
마침내 구렁에 빠지고

그 구렁에서 그림과
구성은 끝이 나지 뒤에는
보고 있는 사람이 하나도

보이지 않고 면도를 않으니
그 궁핍한 이들을
보여 주는 장치 또 약간의

pitiful possessions a basin
to wash in a peasant
cottage is seen and a church spire

the faces are raised
as toward the light
there is no detail extraneous

to the composition one
follows the others stick in
hand triumphant to disaster

초라한 물건들도 농부의
오두막에서나 쓰는
대야 하나 보이고 교회 첨탑

얼굴들은 치켜들어서
빛을 향하듯 하고
그림의 구성에 관련이 없는

디테일은 하나도 없이 한
사람이 다른 사람을 따라간다
재앙에 당당한 손에 막대기 들고

X CHILDREN'S GAMES

I

This is a schoolyard
crowded
with children

of all ages near a village
on a small stream
meandering by

where some boys
are swimming
bare-ass

or climbing a tree in leaf
everything
is motion

elder women are looking
after the small

10 아이들의 놀이

1

여기는 학교 운동장
모든 나이대의
아이들이

복닥거리네 마을 근처
조그마한 개울이
꼬불꼬불 흐르고

어떤 아이들은
수영을 하네
발가벗고

아니면 나무에 오르고
모든 것이
움직이고 있네

나이든 여자들은
어린 새끼를

fry

a play wedding a
christening
nearby one leans

hollering
into
an empty hogshead

II

Little girls
whirling their skirts about
until they stand out flat

tops pinwheels
to run in the wind with
or a toy in 3 tiers to spin

with a piece

돌보고 있고

결혼식 놀이
세례식 놀이
가까이 한 애가 기대어

고함을 지르네
비어 있는 커다란 통
에다 대고

2

꼬마 아가씨들
치맛자락을 빙그르르 돌려서
접시처럼 평평히 펴기

바람 속을 달리며
바람개비 돌리기
혹은 삼 단짜리 팽이 돌리기

줄 하나 배배 꼬아

of twine to make it go
blindman's-buff follow the

leader stilts
high and low tipcat jacks
bowls hanging by the knees

standing on your head
run the gauntlet
a dozen on their backs

feet together kicking
through which a boy must pass
roll the hoop or a

construction
made of bricks
some mason has abandoned

돌아가게 하고
장님 놀이 하는 무리가

죽마 탄 대장을 따라가고
여기저기 자치기 하는 아이들
무릎 높이로 공 굴리기

물구나무 서서
등짝을 십여 대
얻어맞기

우루루 함께 발길질하고
그 사이를 한 소년이
굴렁쇠 굴리며 지나고

벽돌공이 버려둔
벽돌들 주워다가
집 짓기

III

The desperate toys
of children
their

imagination equilibrium
and rocks
which are to be

found
everywhere
and games to drag

the other down
blindfold
to make use of

a swinging
weight
with which

3

아이들의
절박한 장난감들
그들의

상상력 균형감
또 돌멩이들
이것들은

보이게 되어 있어
어디에서도
또 놀이들도

다른 이 눈 가리고
아래로 끌어
흔들흔들

무게를
이용하여
이와 함께

at random

to bash in the

heads about

them

Brueghel saw it all

and with his grim

humor faithfully

recorded

it.

닥치는 대로
머리를
후려치는

아이들
브뤼겔은 이 모두를 보았고
그의 우울한

유머가 충실하게
그걸
기록했다.

Song

beauty is a shell
from the sea
where she rules triumphant
till love has had its way with her

scallops and
lion's paws
sculptured to the
tune of retreating waves

undying accents
repeated till
the ear and the eye lie
down together in the same bed

노래

아름다움은 어떤 조가비
그녀가 당당하게 다스리는
바다에서 온
사랑이 그녀와 함께 자기 길 가고

가리비들 그리고
큰 가리비들
물러가는 파도에 맞춰
새겨지네

사그라지지 않는 억양
되풀이되다 마침내
귀와 눈이
함께 같은 침대에 눕네

The Woodthrush

fortunate man it is not too late

the woodthrush

flies into my garden

before the snow

he looks at me silent without

moving

his dappled breast reflecting

tragic winter

thoughts my love my own

개똥지빠귀

운 좋은 녀석 그리 늦진 않았어
그 개똥지빠귀는
눈이 오기 전에
내 정원으로 날아들어
나를 말없이 보더니
꼼짝도 않네
얼룩덜룩한 새 가슴이
참혹한 겨울을 생각나게 해
내 사랑 생각 내 나의

The Polar Bear

his coat resembles the snow

deep snow

the male snow

which attacks and kills

silently as it falls muffling

the world

to sleep that

the interrupted quiet return

to lie down with us

its arms

about our necks

murderously a little while

북극곰

그의 털은 눈을 닮았다
깊은 눈
수컷의 눈
공격하고 죽이는
조용히 마치 세상을 감싸듯
떨어지는 세상을
잠재우려고
그 중단된 고요한 귀환
우리와 함께 누우려
팔을
우리 목에 두르네
조금은 살벌하게

The Dance

When the snow falls the flakes
spin upon the long axis
that concerns them most intimately -
two and two to make a dance

the mind dances with itself,
taking you by the hand,
your lover follows
there are always two,

yourself and the other,
the point of your shoe setting the pace,
if you break away and run
the dance is over

Breathlessly you will take
another partner
better or worse who will keep
at your side, at your stops

whirls and glides until he too

춤

눈이 내릴 때 눈송이들은
긴 축으로 돌고 돈다
가장 친밀하게 눈송이들을 챙기는 ──
둘 더하기 둘 춤을 추게 하는

마음은 스스로 춤을 춘다,
너의 손을 잡고,
너의 연인이 뒤따른다
거기서는 늘 둘이다,

너 자신과 다른 사람,
네 신발 끝이 속도를 맞추고,
네가 풀고 달아나면
춤은 끝난다

숨가쁘게 너는 다른
파트너를 만나겠지
좋든 나쁘든 네 옆에서
지켜 줄, 네가 멈추면

미끄러지듯 빙글 돌고

leaves off
on his way down as if
there were another direction

gayer, more carefree
spinning face to face but always down
with each other secure
only in each other's arms

But only the dance is sure!
make it your own.
Who can tell
what is to come of it?

in the woods of your
own nature whatever
twig interposes, and bare twigs
have an actuality of their own

this flurry of the storm
that holds us,
plays with us and discards us

마침내 그 또한
자기 길 찾아 떠나네
마치 다른 방향이 있는 듯

더 경쾌하게, 더 홀가분하게
마주하고 빙글빙글 그러나 늘 아래로
서로를 안전하게
서로의 팔 안에서만

하지만 춤만이 확실하지!
네 것으로 만들어 봐.
누가 말할 수 있을까
거기서 뭐가 만들어질지?

네 본성의 숲
속에서 그게 뭐든
잔가지 끼어들고, 마른 가지들
그들만의 실체가 있어

우리를 붙잡는
이 폭풍의 소용돌이가
우리와 함께 놀고 우리를 버리네

dancing, dancing as may be credible.

춤을 추네, 춤을 추네 그럴듯하게.

Jersey Lyric

view of winter trees
before
one tree

in the foreground
where
by fresh-fallen

snow
lie 6 woodchunks ready
for the fire

뉴저지 서정시

겨울 나무들 풍경
앞에는
나무 한 그루

전경에는
거기
금방 떨어진

눈이
곧 불을 피울
여섯 개의 나무둥치에 내려앉고

To the Ghost of Marjorie Kinnan Rowlings

To celebrate your brief life
as you lived it grimly
under attack as it happens
to any common soldier
black or white
surrounded by the heavy scent
of orange blossoms solitary
in your low-lying farm among the young trees

Wise and gentle-voiced
old colored women
attended you among the reeds
and polonia
with its blobs of purple
flowers your pup smelling of
skunk beside your grove-men
lovesick maids and
one friend of the same sex
who knew how to handle a boat in a swamp

Your quick trips to your
New York publisher

마저리 키넌 롤링스[14]의 유령에게

당신 짧은 인생을 축하하려 해
당신은 공격을 받아
우울하게 살았으니 그건
희든 검든 평범한 병사
누구에게나 생기는 일
활짝 핀 오렌지꽃
짙은 향기에 홀로 둘러싸여
어린 나무들 사이 낮게 누운 당신 농장에서

현명하고 온화한 목소리
늙은 유색인종 여인들이
당신을 돌보았지 갈대숲과
자줏빛 꽃망울 단
폴로니아꽃 사이로
당신 강아지는 스컹크 냄새를 맡네
그 옆에는 당신 숲의 부하들과
상사병 난 하녀들과
늪에서 보트를 몰 줄 아는
동성 친구 하나

뉴욕의 출판사와 만나러
잠깐 다니러 가는 여행

beating your brains out
over the composition
under the trees to the tune
of a bull got loose
gathering the fruit and
preparing new fields to be put under the plough

You lived nerves drawn
tense beside dogtooth violets
bougainvillaea swaying
rushes and yellow jasmine
that smells so sweet
young and desperate
as you were taking chances
sometimes that you should be
thrown from the saddle
and get your neck broke
as it must have happened and it did in the end

작품 구상에
머리를 쥐어짜네
나무 아래서
풀려난 황소 가락에
과일을 따고
쟁기를 갈아 새 들판을 준비하며

당신은 살았네 신경
곧추세운 채로 곁에 얼레지꽃
분꽃들 덤불을 흔들고
노란 재스민꽃이
너무나 향긋해서
젊고 절박한
당신은 가끔 모험을
했으니 말안장에서
떨어져야만 한다면
그래서 목이 부러져야 한다면
그 일 분명 일어났을 거고 결국엔 일어났으니

Sonnet in Search of an Author

Nude bodies like peeled logs
sometimes give off a sweetest
odor, man and woman

under the trees in full excess
matching the cushion of

aromatic pine-drift fallen
threaded with trailing woodbine
a sonnet might be made of it

Might be made of it! odor of excess
odor of pine needles, odor of
peeled logs, odor of no odor
other than trailing woodbine that

has no odor, odor of a nude woman
sometimes, odor of a man.

저자를 찾고 있는 소네트

껍질 벗겨진 통나무처럼 벗은 몸들
이따금 가장 달콤한 냄새를
풍기네, 남자와 여자

나무들 아래서 그득한 과잉으로·
어울리네 향긋이 떠도는

푹신한 솔향기 떨어져
치렁한 인동덩굴과 엮여서
소네트가 거기서 만들어질지도

만들어질지도 몰라! 과잉의 냄새
솔잎 냄새, 껍질 벗겨진
통나무 냄새, 치렁한 인동덩굴
말고는 아무 냄새 없는 냄새

아무 냄새 없는, 때로는 벌거벗은
여인의 냄새, 남자의 냄새.

8부

패터슨(1946~1958)

Paterson

From Book One

Preface

"Rigor of beauty is the quest. But how will you find beauty
when it is locked in the mind past all remonstrance?"

To make a start,
out of particulars
and make them general, rolling
up the sum, by defective means ⸺
Sniffing the trees,
just another dog
among a lot of dogs. What
else is there? And to do?
The rest have run out ⸺
after the rabbits.
Only the lame stands ⸺ on
three legs. Scratch front and back.
Deceive and eat. Dig
a musty bone

For the beginning is assuredly

패터슨
제1권에서

서문

"아름다움의 엄밀함은 바로 탐구다. 하지만 아름다움이
마음속 지난날 모든 불만에 갇혀 있다면, 당신은 어떻게
아름다움을 찾을 수 있겠는가?"

개별적인 것에서부터
시작할 것,
그리고 그것들을 흠 있는 방식으로
총계를 내어 일반화하라 —
나무에다 쿵쿵거리며,
많은 개들 중에서
다만 다른 개. 그 밖에
뭐가 있나? 또 무얼 하나?
나머지는 다 바닥났다 —
토끼를 쫓아.
다만 절름발이만 서 있다 —
세 발로. 앞뒤로 긁어라.
속이고 또 먹어라. 파라
곰팡이 핀 뼈를.

왜냐하면 처음은 분명히

the end —— since we know nothing, pure
and simple, beyond
our own complexities.

       Yet there is
no return: rolling up out of chaos,
a nine months' wonder, the city
the man, an identity —— it can't be
otherwise —— an
interpenetration, both ways. Rolling
up! obverse, reverse;

the drunk the sober; the illustrious
the gross; one. In ignorance
a certain knowledge and knowledge,
undispersed, its own undoing.

      (The multiple seed,
packed tight with detail, soured,
is lost in the flux and the mind,
distracted, floats off in the same
scum)

끝이다 — 우린 아무것도 모르기에, 정말 아무것도
모르기에, 우리 자신의
복잡함들 너머로는.

　　　　　　하지만 돌아가는
길은 없어: 혼돈에서 감아 올리기,
아홉 달의 기적, 그 도시
그 사람, 하나의 정체성 — 그렇게밖에
될 수 없지 — 어떤
상호 침투, 양방향으로. 감아
올려라! 반대로, 뒤집어서;

취한 자와 말짱한 자; 저명한 이와
비천한 이; 하나다. 무지 속에
어떤 지식과 지식,
흩어지지 않고, 그 자체로 허사다.

　　　　　　(그 다양한 씨앗,
세목들로 꽉 채워진, 시큼하게,
흐름 속에서 사라지고, 그 정신은,
산만해져, 떠내려가네 같은
쓰레기 거품에)

Rolling up, rolling up heavy with
numbers.

It is the ignorant sun
rising in the slot of
hollow suns risen, so that never in this
world will a man live well in his body
save dying — and not know himself
dying; yet that is
the design. Renews himself
thereby, in addition and subtraction,
walking up and down.

and the craft,
subverted by thought, rolling up, let
him beware lest he turn to no more than
the writing of stale poems . . .
Minds like beds always made up,
          (more stony than a shore)
unwilling or unable.

감아 올리기, 숫자로 무겁게
감아 올리기.

　　　그것은 무지한 태양이다
텅 빈 태양들 틈에서
솟아오르는, 그래서 이 세상에서는
육신을 입고 사람이 잘 살 수는 없다
다만 죽어 갈 뿐 ── 자기가 죽어 가는 걸
모르는 채; 하지만
그건 예정된 일. 그리하여 자신을
새롭게 하고, 더하기와 빼기로,
위로 아래로 걸으며.

　　　그래서 그 기술은,
사유에 의해 전복되고, 말아 올려서, 그가
알게 하라, 그래서 더 이상은 그가
낡은 시에 의지하지 않도록 하라 . . .
항상 정돈된 침대같이 결정된 마음이라,
　　　　(해안보다 더 돌투성이)
내키지 않거나 할 수 없도록.

Rolling in, top up,
under, thrust and recoil, a great clatter:
lifted as air, boated, multicolored, a
wash of seas —
from mathematics to particulars —

divided as the dew,
floating mists, to be rained down and
regathered into a river that flows
and encircles:

shells and animalcules
generally and so to man,

to Paterson.

밀려들어 오는, 가득 채우는,
아래로, 밀치고 움츠러들고, 거대한 덜커덩 소리:
대기로 들어 올려져, 보트에 실리고, 알록달록,
바다들의 너울 —
수학에서 특정 세목들까지 —

이슬처럼 흩어지고,
떠도는 안개들, 비가 되어 내리고
강으로 다시 모여서 흐르고
둥글어지고:

껍데기들과 작은 벌레들
보통 또 그렇게 인간에게,

패터슨에게.

The Delineaments of the Giants

I

Paterson lies in the valley under the Passaic Falls
its spent waters forming the outline of his back. He
lies on his right side, head near the thunder
of the waters filling his dreams! Eternally asleep,
his dreams walk about the city where he persists
incognito. Butterflies settle on his stone ear.
Immortal he neither moves nor rouses and is seldom
seen, though he breathes and the subtleties of his
     machinations
drawing their substance from the noise of the pouring
     river
animate a thousand automatons. Who because they
neither know their sources nor the sills of their
disappointments walk outside their bodies aimlessly
    for the most part,
locked and forgot in their desires — unroused.

   — Say it, no ideas but in things —
   nothing but the blank faces of the houses
   and cylindrical trees

거인들 스케치하기

1

패터슨은 퍼세이크 폭포 아래 계곡에 누워 있다
흘려보낸 물이 그의 등줄기를 이루고. 그의
꿈을 가득 채우며 떨어지는 천둥 같은 물 곁에 머리를
두고 그는 오른쪽으로 모로 누워 있다! 영원히 잠든 채,
그의 꿈들만이 그가 익명으로 남아 있기를 고집하는
도시를 어슬렁거린다. 그의 돌 귀에 나비들이 앉고.
그는 불멸이라서 움직이지도 일어나지도 않고 잘
보이지도 않는다, 숨을 쉬긴 하지만, 절묘하게
     작동하는 그의 비책이
내리치는 강의 소음에서 그들의 핵심을
     끌어내어
수천의 자동 장치가 돌아가게 한다. 그 원천도
알지 못하고 그 실망의 문틀도 알지 못하기에
그들은 대부분 아무 목적도 없이
     자기 몸 밖에서 걷고 있다,
욕망에 갇혀 잊혀진 채 — 깊이 잠들어.

    — 말하자면, 관념이 아니라 사물 그 자체로 —
    오로지 집들의 무표정한 얼굴들만
    그리고 구부러진

bent, forked by preconception and accident ——
split, furrowed, creased, mottled, stained ——
secret —— into the body of the light!

From above, higher than the spires, higher
even than the office towers, from oozy fields
abandoned to grey beds of dead grass,
black sumac, withered weed-stalks,
mud and thickets cluttered with dead leaves ——
    the river comes pouring in above the city
    and crashes from the edge of the gorge
    in a recoil of spray and rainbow mists ——

        (What common language to unravel?
        .   .   combed into straight lines
        from that rafter of a rock's
        lip.)

A man like a city and a woman like a flower
    —— who are in love. Two women. Three women.
Innumerable women, each like a flower.

둥그런 나무들, 선입견과 사고로 갈라진 —
갈라지고, 골이 지고, 주름지고, 반점으로 얼룩진 —
비밀스러운 — 빛의 몸속으로!

저 위에서, 첨탑보다 더 높게, 사무실 빌딩들
보다도 더 높게, 방치된 질퍽한 벌판에서
잿빛 바닥에는 죽은 풀들, 검은 옻나무와
시들어 가는 잡초 줄기들, 진흙 그리고
죽은 잎새들로 어지러운 덤불들 —
　　강은 그 도시 위로 흘러들어서
　　협곡 가장자리에서 충돌하여
　　물보라와 무지개 안개 감겨들고 —

　　　　(풀어내야 할 공통의 언어는 무엇?
　　　　. . 일직선들로 가지런히 빗질되어
　　　　바위 가장자리 그
　　　　서까래에서부터)

도시 같은 남자와 꽃 같은 여자
— 사랑에 빠졌네. 두 여자. 세 여자.
셀 수 없이 많은 여자, 저마다 꽃과 같아.

But

only one man —— like a city.

    In regard to the poems I left with you; will you be so
kind as to return them to me at my new address? And
without bothering to comment upon them if you should
find that embarrassing —— for it was the human situation
and not the literary one that motivated my phone call and
visit.

    Besides, I know myself to be more the woman than the
poet; and to concern myself less with the publishers of
poetry than with . . . living . . .

    But they set up an investigation . . . and my doors are
bolted forever (I hope forever) against all public welfare
workers, professional do-gooders and the like.

Jostled as are the waters approaching
the brink, his thoughts
interlace, repel and cut under,
rise rock-thwarted and turn aside
but forever strain forward —— or strike
an eddy and whirl, marked by a

하지만
남자는 하나 — 한 도시처럼.

　제가 당신에게 남긴 시들에 대해; 저의 새 주소로 그
시들을 되돌려 보내 주실 수 있으실까요? 좀 난처하시다면
그 시들에 대해 일부러 의견을 얘기해 주시지 않아도
됩니다 — 제가 전화 드리고 방문을 했던 건 인간적인
문제 때문이었지 문학적인 문제 때문은 아니었어요.
　게다가, 저는 제가 시인이라기보다 여성임을 잘 알고
있고; 시 출판업자들보다는…… 사는 일을…… 더 걱정할
수밖에 없어요……
　하지만 그들은 조사를 했고…… 저의 집 문은
영원히 잠긴 거지요 (영원히 그렇게 되면 좋겠네요)
모든 공공복지 관련 종사자들, 전문적인 봉사 요원들이
출입하지 못하도록요.

물결이 강 언저리로 다가오듯 그렇게
사정없이 밀려들어, 그의 생각들은
엇갈리며, 튀어오르다, 끊어지고,
바위에 부딪혀 치솟다가 옆으로 돌다
끝없이 앞으로 달려간다 — 아니면 소용돌이
치면서 빙그르 돈다, 이파리 하나 혹은

leaf or curdy spume, seeming
to forget .
Retake later the advance and
are replaced by succeeding hordes
pushing forward —— they coalesce now
glass-smooth with their swiftness,
quiet or seem to quiet as at the close
they leap to the conclusion and
fall, fall in air! as if
floating, relieved of their weight,
split apart, ribbons; dazed, drunk
with the catastrophe of the descent
floating unsupported
to hit the rocks: to a thunder,
as if lightning had struck

All lightness lost, weight regained in
the repulse, a fury of
escape driving them to rebound
upon those coming after ——
keeping nevertheless to the stream, they
retake their course, the air full

응고된 물거품으로 흔적 남기며, 마치
길을 잊은 듯 .
나중에 다시 나아갈 길 잡아서
앞으로 밀면서 이어서 오는 무리들에게
자리를 내어주고 ── 그들은 이제
합쳐지고, 재빨리 유리처럼 매끄럽게,
조용히, 혹은 조용해지는 듯 끝에 이르니
그들은 결론으로 도약하다가, 그러고는
떨어진다, 공중에 떨어진다! 마치
떠다니는 듯 그 무게를 잃어버리고,
따로 떨어지는, 리본들; 멍하니, 취한 듯
하강하는 파국으로
지지대 없이 떠다니다가
바위를 때린다: 천둥 소리 한 번
마치 번개가 빼앗긴 모든

가벼움에 친 것처럼, 그 반발에
무게가 다시 회복되어, 다시
뒤따르는 것들 위로 튀어 오르도록
그것들을 몰아가는 탈출의 격정 ──
그래도 그 흐름을 유지하며, 그들은
다시 물길을 되찾고, 대기는

of the tumult and of spray

connotative of the equal air, coeval,

filling the void

And there, against him, stretches the low mountain.

The Park's her head, carved, above the Falls, by the quiet

river; Colored crystals the secret of those rocks;

farms and ponds, laurel and the temperate wild cactus,

yellow flowered   .   . facing him, his

arm supporting her, by the Valley of the Rocks, asleep.

Pearls at her ankles, her monstrous hair

spangled with apple-blossoms is scattered about into

the back country, waking their dreams — where the deer run

and the wood-duck nests protecting his gallant plumage.

.   .   .

I remember

a Geographic picture, the 9 women

of some African chief semi-naked

astraddle a log, an official log to

소란과 물보라로 가득하다
딱 그만큼의 대기를 품은, 함께,
허공을 가득 채우는

또 거기서, 그와 마주하여, 나지막한 산이 뻗어 있다.
공원은 그녀의 머리다, 폭포 위쪽, 그 고요한
강으로 조각된; 색색으로 반짝이는 것들은 이 바위들의 비밀;
농장들, 연못들, 월계수와 차분한 야생 선인장,
노란 꽃이 피어 .   .   그를 마주하고, 그의 팔이
그녀를 떠받들고, 바위의 계곡 옆에서, 잠이 들었다.

발목에는 진주들이, 사과꽃 점점이 박힌
산발한 머리가 그 뒤쪽의 나라에 흩뿌려진다,
그들의 꿈을 깨우며 — 거기서 사슴들이 달리고
원앙새 둥지가 그의 용감한 깃털을 보호하고 있다.

.   .   .

나 기억한다
《지오그래픽》의 사진 한 장, 어떤
아프리카 부족 아홉 명 여인들이 반쯤 벗은 몸으로
통나무에 걸터앉아 있는데, 머리는 왼쪽으로

be presumed, heads left:

                    Foremost
froze the young and latest,
erect, a proud queen, conscious of her power,
mud-caked, her monumental hair
slanted above the brows — violently frowning.

Behind her, packed tight up
in a descending scale of freshness
stiffened the others
                    and then   .   .
the last, the first wife,
present! supporting all the rest growing
up from her — whose careworn eyes
serious, menacing — but unabashed; breasts
sagging from hard use   .   .

Whereas the uppointed breasts
of that other, tense, charged with
pressures unrelieved
and the rekindling they bespoke

아마도 관리되고 있는 통나무였던 듯:

맨 앞에는
그 젊은이 얼어 있고 맨 뒤에는,
잘난 여왕, 꼿꼿하게, 자기 권력 의식하며,
진흙을 칠했고, 그 대단한 머리는
이마 위로 비스듬 — 심하게 찡그린다.

여왕 뒤로, 다른 이들 뻣뻣하게
발랄함 점점 줄어든 채
촘촘히 줄을 서 있고
                그러고는   .   .
맨 마지막, 그 첫 아내가,
나타났다! 그녀에게서 점점 자라나는
나머지 모두를 지지하며 — 초췌한 눈은
진지하고, 위협적이라 — 하지만 부끄러움 없고;
호되게 쓴 탓에 축 처진 젖가슴   .   .

반면에 다른 이들의 위로 솟은
젖가슴들은, 긴장되어, 누그러지지 않은
압력이 장전되어 있어
그 모습이 불붙인 새로움

was evident.

                  Not that the lightnings
do not stab at the mystery of a man
from both ends —— and the middle, no matter
how much a chief he may be, rather the more
because of it, to destroy him at home

  . . Womanlike, a vague smile,
unattached, floating like a pigeon
after a long flight to his cote.

. . .

II

There is no direction. Whither? I
cannot say. I cannot say
more than how. The how (the howl) only
is at my disposal (proposal) : watching ——
colder than stone .

분명했지.

                    번개들이
한 사람의 신비를 찌르지 않아서가 아니라
양쪽 끝에서 — 또 중간에서, 얼마나 대단한
추장으로 그가 존재하든, 그 때문에
더더욱, 그를 편안히 파괴하는 것

.   .   여자 같은, 희미한 미소,
어디 매이지 않고, 먼 여정 거쳐서
자기 우리에 돌아온 비둘기처럼 떠 있네.

.   .   .

2

방향이 없다. 어디라고? 나
말할 수 없다. 어떻게 이상으로는
말할 수 없다. 그 어떻게 (그 절규)만이
내가 마음대로 처리(제안)할 수 있는 것 : 바라보며 —
돌보다 더 차갑게   .

a bud forever green,
tight-curled, upon the pavement, perfect
in juice and substance but divorced, divorced
from its fellows, fallen low —

Divorce is
the sign of knowledge in our time,
divorce! divorce!

with the roar of the river
forever in our ears (arrears)
inducing sleep and silence, the roar
of eternal sleep . . challenging
our waking —

— unfledged desire, irresponsible, green,
colder to the hand than stone,
unready — challenging our waking:

Two halfgrown girls hailing hallowed Easter,
(an inversion of all out-of-doors) weaving

영원히 푸른 꽃봉오리,
단단히 말린 채, 보도 위에, 즙과
살이 꽉 차 있지만, 무리에서 단절되어
단절되어, 바닥에 떨어져 ―

　　　　단절은
우리 시절 지식의 징후다,
단절! 단절!

　　　　강물의 굉음과 함께
영원히 우리 귀에(체납금)
잠과 침묵으로 유도하는, 영원한
잠의 그 굉음　.　.　우리의
각성에 도전하고 ―

― 미숙한 욕망, 무책임한, 풋내기,
손에 돌보다 더 차갑게 느껴지고,
준비 없이 ― 우리의 각성에 도전하고:

성스러운 부활절을 환호하는 덜 자란 두 처녀,
(모든 바깥들의 자리 바꿈) 스스로를

about themselves, from under
the heavy air, whorls of thick translucencies
poured down, cleaving them away,
shut from the light: bare
headed, their clear hair dangling —

Two —
    disparate among the pouring
waters of their hair in which nothing is
molten —

two, bound by an instinct to be the same:
ribbons, cut from a piece,
cerise pink, binding their hair: one —
a willow twig pulled from a low
leafless bush in full bud in her hand,
(or eels or a moon!)
holds it, the gathered spray,
upright in the air, the pouring air,
strokes the soft fur —

        Ain't they beautiful!

짜면서, 무거운 대기 아래로
쏟아져 내린 두꺼운 반투명의
소용돌이에서, 그들을 찢어 버리고,
빛으로부터 가두고: 머리를
삭발했기에, 청정한 머리카락 나풀거리네 ─

둘 ─
    어떤 것도 녹아 있지 않은
쏟아지는 머리카락 물 사이에서
전혀 다른 ─

둘, 같아야 한다는 본능으로 묶인:
리본들, 조각에서 잘라 낸,
진분홍, 머리를 묶고: 하나 ─
이파리 없는 낮은 덤불에서 삐져나온
버드나무 가지 그녀 손에 들고서,
(아니면 장어 아니면 달!)
그걸 잡고, 그 모인 물보라,
대기에서 수직으로, 그 쏟아지는 대기,
부드러운 털을 쓰다듬는다 ─

    아름답지 아니한가!

Certainly I am not a robin nor erudite,
no Erasmus nor bird that returns to the same
ground year by year. Or if I am . .
the ground has undergone
a subtle transformation, its identity altered.

Indians!

Why even speak of "I," he dreams, which
interests me almost not at all?

                    The theme
is as it may prove: asleep, unrecognized —
all of a piece, alone
in a wind that does not move the others —
in that way: a way to spend
a Sunday afternoon while the green bush shakes.

. . a mass of detail
to interrelate on a new ground, difficultly;
an assonance, a homologuc

물론 나는 올새도 아니고 학식도 없네,
에라스무스도 아니요, 해마다 같은 땅으로
돌아가는 새도 아니라. 아니면 만약 내가   .   .
땅이 미묘한 변화를
겪고, 그 정체성이 변하고.

인디언들!

왜 "나"라고 말을 하는지, 그는 꿈을 꾼다,
나는 별 관심이 없는 꿈을?

　　　　　　그 주제는
입증이 되겠지만: 자각되지 않고, 잠들어 있어 ―
한 조각의 모든 것, 혼자서
다른 이들 움직이지 않는 바람 속에서 ―
그런 식으로: 일요일 오후를
소비하는 방법 초록 덤불은 흔들리고.

.   .   수많은 세부 사항이
새로운 토대 위에서, 어렵게, 서로 연결된다;
유사한 음, 서로 같은 것

triple piled
pulling the disparate together to clarify
and compress

the river, curling, full —— as a bush shakes
and a white crane will fly
and settle later! White, in
the shallows among the blue-flowered
pickerel-weed, in summer, summer! if it should
ever come, in the shallow water!

On the embankment a short,
compact cone (juniper)
that trembles frantically
in the indifferent gale: male —— stands
rooted there .

The thought returns: Why have I not
but for imagined beauty where there is none
or none available, long since
put myself deliberately in the way of death?

　　　　　세 겹으로 쌓여
이질적인 것들을 한데 모아 명확하게 하고
압축하네

강은, 굽이굽이, 가득해 ── 덤불 흔들리듯
새하얀 학이 날아오르듯
나중에 내려앉듯이! 하얗게,
푸르게 피어난 물옥잠화 사이로
낮은 물가에, 여름, 여름에! 와야 한다면,
낮은 물가로, 와라!

　　　　　둑 위에는 짧고
작은 원뿔 하나(향나무)
미친 듯 떨고 있다
무심한 바람에: 수컷 ── 거기
뿌리 박고 서 있다　.

생각이 되돌아온다: 왜 내가
아름다움 외 아무것도 상상하지 않았는지,
가능한 것 아무것도 아무것도 없는데
나 자신을 그 죽음의 길에 일부러 몰아넣은 지 오래라?

Stale as a whale's breath: breath!
Breath!

Patch leaped but Mrs. Gumming shrieked
and fell —— unseen (though
she had been standing there beside her husband half
an hour or more twenty feet from the edge).

: a body found next spring
frozen in an ice-cake; or a body
fished next day from the muddy swirl ——
both silent, uncommunicative

Only of late, late! begun to know, to
know clearly (as through clear ice) whence
I draw my breath or how to employ it
clearly if not well:

Clearly!
speaks the red-breast his behest. Clearly!
clearly!

고래의 숨결만큼이나 퀴퀴한: 숨결!
숨결!

패치는 뛰어올랐지만 거밍 부인은 비명을 지르고
넘어졌지 — 보이지 않았어(비록 그녀 거기
남편 곁 폭포 가장자리에서 6미터 떨어진 데서
30분 넘게 서 있었지만).

: 시신은 이듬해 봄에나 발견된다
얼음 케이크에 꽁꽁 언 채; 아님 다음 날
시신은 낚시에 걸린다 진흙탕 소용돌이에서 —
둘 다 조용히, 소통 불가

최근에야, 비로소! 알게 되었지,
분명히 알게 되었지(또렷한 얼음을 통하는 듯) 거기서
나는 내 숨결을 그리거나 아니면 어떻게 그걸 또렷하게
이용하는지 그린다 잘은 아니더라도:

또렷하게!
말한다 그 붉은 가슴 그의 간청이. 또렷하게!
또렷하게!

—— and watch, wrapt! one branch
of the tree at the fall's edge, one
mottled branch, withheld,
among the gyrate branches
of the waist-thick sycamore,
sway less, among the rest, separate, slowly
with giraffish awkwardness, slightly
on a long axis, so slightly
as hardly to be noticed, in itself the tempest:

Thus

the first wife, with giraffish awkwardness
among thick lightnings that stab at
the mystery of a man: in sum, a sleep, a
source, a scourge.

on a log, her varnished hair
trussed up like a termite's nest (forming
the lines) and, her old thighs
gripping the log reverently, that,
all of a piece, holds up the others ——

── 그리고 지켜보라, 넋 놓고! 폭포 가장자리에
그 나무 가지 하나, 얼룩덜룩한
나뭇가지 하나, 버티고 있다,
허리 두꺼운 플라타너스
그 빙빙 도는 가지들 사이에서,
덜 흔들리며, 그 남은 가지들 사이, 따로따로
천천히 기린 같은 어색함으로,
긴 축으로 살짝, 너무 살짝 움직여
거의 눈에 띄지 않지만, 그 자체로 폭풍이다:

그리하여

그 첫 아내, 그 기린 같은 어색함으로
남자의 신비를 찔러 대는
두툼한 번개들 사이에서: 요약하면, 어떤 잠, 어떤
원천, 어떤 재앙.

　　　　통나무 위에, 그녀 번지르르한 머리가
흰개미 집처럼 묶여서(선들을
만들고) 또, 그녀의 늙은 허벅지들
그 통나무를 경외하듯 움켜쥐고, 그,
한 조각의 모든 것, 다른 것들을 떠받친다 ──

alert: begin to know the mottled branch
that sings .

    certainly NOT the university,
a green bud fallen upon the pavement its
sweet breath suppressed: Divorce (the
language stutters)

        unfledged:

two sisters from whose open mouths
Easter is born —— crying aloud,

        Divorce!

          While
the green bush sways: is whence
I draw my breath, swaying, all of a piece,
separate, livens briefly, for the moment
unafraid . .

    Which is to say, though it be poorly

정신 바짝 차리고: 노래하는 얼룩덜룩한
가지를 알기 시작한다 .

　　　　분명 그 대학이 아니다,
초록 새싹이 보도에 떨어지고 그 달콤한
숨결이 억눌리고: 단절(그
언어는 말을 더듬더듬)

　　　　미숙해서:

두 자매 열린 입에서
부활절이 탄생한다 ── 크게 외친다,

　　　　단절!

　　　　　　그러는 동안
초록 덤불이 흔들리고: 거기서
나는 숨을 그린다, 흔들리며, 한 조각의 모든 것,
각각 따로, 잠시 명랑해진다, 그 순간
두려워 않고   .　　.

　　　　이는 말이지, 말로 잘

said, there is a first wife
and a first beauty, complex, ovate —
the woody sepals standing back under
the stress to hold it there, innate

a flower within a flower whose history
(within the mind) crouching
among the ferny rocks, laughs at the names
by which they think to trap it. Escapes!
Never by running but by lying still —

A history that has, by its den in the
rocks, bole and fangs, its own cane-brake
whence, half hid, canes and stripes
blending, it grins (beauty defied)
not for the sake of the encyclopedia.

Were we near enough its stinking breath
would fell us. The temple upon
the rock is its brother, whose majesty
lies in jungles — made to spring,
at the rifle-shot of learning: to kill

전달되지 않지만, 첫 아내가 있고
첫 아름다움이 있다는 것, 복잡한, 달걀 모양 —
그 나무 같은 꽃받침이 뒤에 서 있다
그걸 거기 세워야 한다는 부담을 안고, 원래

꽃 속에 있는 꽃 그 역사가
(마음의 내부에서) 웅크리고
이끼 낀 바위 사이에서, 그 이름들에 웃는다
그들 생각으론 그 이름들로 그걸 가둔다. 탈출들!
흘러감으로써가 아니라 가만히 있음으로써 —

어떤 역사, 바위 옆 동굴 속에 줄기와 송곳니를
그 자체의 수수 숲을 가지고 있는 역사
거기, 반쯤 숨어 있는, 수수와 줄무늬들이
서로 섞여, 그것은 활짝 웃는다(아름다움은 불가능해)
백과사전을 위한 것은 아니다.

　　우리가 다가가면 그 퀴퀴한 숨결
　　우리를 떨구겠지. 바위 위 신전은
　　그것의 형제, 그 위엄은
　　정글에 있다 — 배움의 총에 맞아
　　벌떡 일어나게 된: 죽여서

and grind those bones:

These terrible things they reflect:
the snow falling into the water,
part upon the rock, part in the dry weeds
and part into the water where it
vanishes —— its form no longer what it was:

the bird alighting, that pushes
its feet forward to take up the impetus
and falls forward nevertheless
among the twigs. The weak-necked daisy
bending to the wind   .   .   .

                    The sun
winding the yellow bindweed about a
bush; worms and gnats, life under a stone.
The pitiful snake with its mosaic skin
and frantic tongue. The horse, the bull
the whole din of fracturing thought
as it falls tinnily to nothing upon the streets

그 뼈들을 갈고:

이 끔찍한 것들을 그들은 반영한다:
눈은 물속에 떨어지고
일부는 바위 위에, 일부는 마른 풀 속에
또 일부는 물속으로 거기서
눈은 사라진다 ─ 더는 예전의 형체가 아니다:

새가 내려앉고, 발을
앞으로 밀어내어 추진력을 얻고
그럼에도 앞으로 떨어진다
나뭇가지들 사이로. 목 가녀린 데이지
바람에 몸을 구부리고 .   .   .

　　　　태양은
덤불 근처 노란 덩굴을 휘감고;
지렁이들, 쥐, 돌 밑의 삶.
모자이크 피부에다 미친 혀를
가진 가련한 뱀. 말, 황소
부서지는 사유의 그 모든 소음이
잘게 떨어진다 길 위의 무(無)에

and the absurd dignity of a locomotive
hauling freight ——

      Pithy philosophies of
daily exits and entrances, with books
propping up one end of the shaky table ——
The vague accuracies of events dancing two
and two with language which they
forever surpass —— and dawns
tangled in darkness ——

The giant in whose apertures we
cohabit, unaware of what air supports
us —— the vague, the particular
no less vague

     his thoughts, the stream
and we, we two, isolated in the stream,
we also: three alike ——

    we sit and talk
I wish to be with you abed, we two

화물 실은 기관차의
기이한 위엄에 —

　　　　매일의 출입구와
출입문들의 간명한 철학들, 책과 함께
삐걱이는 테이블 한쪽 끝을 떠받치고 —
둘씩 춤추는 사건들의 모호한 정확성
그들이 영원히 능가하는
언어로 — 또 새벽들은
어둠에 엉켜 있고 —

그 거인, 거인의 구멍에서 우리는
함께 사는데, 어떤 공기가 우릴 지탱하는지도
모른 채 — 그 모호한, 그 세세한
그만큼 모호한

　　　　그의 사상, 그 흐름
그리고 우리, 우리 둘, 흐름에 고립된,
우리 또한: 똑같이 셋 —

　　　　우리는 앉아서 이야기한다,
당신과 함께 누워 있고 싶어, 우리 둘

as if the bed were the bed of a stream
—— I have much to say to you

      We sit and talk,
quietly, with long lapses of silence
and I am aware of the stream
that has no language, coursing
beneath the quiet heaven of
your eyes

      which has no speech; to
go to bed with you, to pass beyond
the moment of meeting, while the
currents float still in mid-air, to
fall ——
with you from the brink, before
the crash ——

      to seize the moment.

We sit and talk, sensing a little
the rushing impact of the giants'

마치 침대가 물결의 침대인 양
— 당신에게 할 말이 많아요

　　　　앉아서 이야기한다,
조용히, 침묵이 오래 계속되고
그리고 나는 그 물결을 안다
언어도 없이, 당신 눈의
그 고요한 천국 아래로
흐르는

　　　　말이 없는;
당신과 자러 가려고, 만남의 순간을
넘어가려고, 그 물살은 아직도
공중에 떠다니고,
떨어지려고 —
충돌 직전, 바로 그 직전
당신과 함께 —

　　　　그 순간을 포착하려고.

우리는 앉아 이야기한다, 이따금씩
우리에게 몰아치는 그 거인들

violent torrent rolling over us, a
few moments.

        If I should demand it, as
it has been demanded of others
and given too swiftly, and you should
consent. If you would consent

            We sit and talk and the
    silence speaks of the giants
    who have died in the past and have
    returned to those scenes unsatisfied
    and who is not unsatisfied, the
    silent, Singac the rock-shoulder
    emerging from the rocks — and the giants
    live again in your silence and
    unacknowledged desire —

And the air lying over the water
lifts the ripples, brother
to brother, touching as the mind touches,
counter-current, upstream

격렬한 물살의 몰아치는 충격을
조금씩 느끼며.

　　만약 내가 그걸 요구해야 한다면,
그것은 타인들에게 요구되어 온 것들
또 너무 빨리 주어진 것, 그러면 당신은
동의해야 하고. 당신이 동의한다면

　　　　우리는 앉아서 이야기한다 그
　침묵이 그 거인들에 대해 말해 준다
　과거에 죽었고 만족하지 못하고 그
　장면들로 다시 돌아온 또
　만족하지 못하고 있는, 그
　고요한, 바위에서 나타나는
　시냐크,[15] 그 암초-어깨 — 그리고 거인들은
　당신의 침묵과 인정되지 않은
　욕망 속에서 다시 산다 —

그리고 물 위에 누워 있는 대기는
잔물결을 들어 올리고, 형제가
형제에게, 마음이 건드리듯 건드리고,
역류, 상류로

brings in the fields, hot and cold
parallel but never mingling, one that whirls
backward at the brink and curls invisibly
upward, fills the hollow, whirling,
an accompaniment — but apart, observant of
the distress, sweeps down or up clearing
the spray —

      brings in the rumors of separate
worlds, the birds as against the fish, the grape
to the green weed that streams out undulant
with the current at low tide beside the
bramble in blossom, the storm by the flood —
song and wings —

      one unlike the other, twin
of the other, conversant with eccentricities
side by side, bearing the water-drops
and snow, vergent, the water soothing the air when
it drives in among the rocks fitfully

. . .

벌판을 들여온다, 뜨거움과 차가움이
나란히 오지만 절대 섞이지 않고, 벼랑 끝에서
뒤쪽으로 빙글빙글 도는 것 위로 보이지 않게
감기며, 구멍을 메운다, 빙빙 돌면서,
어떤 동행 — 하지만 떨어져서, 그 괴로움을
관찰하며, 아래위로 쏟어버린다,
그 물보라를 치우며 —

　　　따로 떨어진 세계들에 대한
소문을 들여오고, 새들은 물고기들에 맞서고, 덩굴
초록 풀이 썰물의 흐름 속에서 넘실넘실
흘러 나가고 옆으로는 가시덤불이
꽃을 피운다, 밀물에 폭풍이 일고 —
노래와 날개들 —

　　　하나는 다른 것과 같지 않고, 다른
것의 쌍둥이, 나란히 하는 별난 짓들
잘 안다, 물방울과 눈을
품고, 서로 다른 길, 물은 바위 사이로
오락가락 몰아칠 때 대기를 달래 주고 —
　　·　·　·

Sunday in the Park

From Book Two

I

Outside

outside myself

there is a world,

he rumbled, subject to my incursions

—— a world

(to me) at rest,

which I approach

concretely ——

The scene's the Park

upon the rock,

female to the city

—— upon whose body Paterson instructs his thoughts

(concretely)

—— late spring,

a Sunday afternoon!

—— and goes by the footpath to the cliff (counting:

일요일 공원에서
제2권에서

1

밖에는
　　　나의 밖에는
　　　　　한 세계가 있다,
그가 우르릉거렸다, 내가 갑자기 나타나자
── 세계는
　　　(내게는) 움직임 없고,
　　　　　　　나는 다가간다
구체적으로 ──

　　　장면은 그 공원
　　　바위 위에 있는,
　　　그 도시엔 여성형으로

── 그 육신에 대고 패터슨이 자기 생각을 지시한다
(구체적으로)

　　　── 늦봄,
　　일요일 오후!

── 그리고 절벽으로 가는 오솔길을 따라간다 (세면서:

the proof)

　　　himself among the others,
—— treads there the same stones
on which their feet slip as they climb,
paced by their dogs!

laughing, calling to each other ——

　　　　　Wait for me!

．　　．　the ugly legs of the young girls,
pistons too powerful for delicacy!　　．
the men's arms, red, used to heat and cold,
to toss quartered beeves and　　．

　　　　Yah! Yah! Yah! Yah!

—— over-riding
　　　　　the risks:
　　　　　　　pouring down!
For the flower of a day!

증거를)

      다른 사람들 사이에 있는 자신,
── 거기서 똑같은 돌을 딛고서
올라가면서 발이 돌 위에서 미끄러지고,
개들이 함께 걷네!

웃으며, 서로를 부르며 ──

        나 좀 기다려 줘!

 . . 젊은 여자들 못생긴 다리,
섬세하다 하기엔 너무 센 피스톤! .
남자들 팔은, 열기와 한기에 노출되어, 벌겋고
4등분된 고기를 능숙하게 던지고 .

        야! 야! 야! 야!

── 위험을
       무시하고:
           쏟아부으며!
하루의 꽃을 위해!

Arrived breathless, after a hard climb he,
looks back (beautiful but expensive!) to
the pearl-grey towers! Re-turns
and starts, possessive, through the trees,

                          —— that love,
that is not, is not in those terms
to which I'm still the positive
in spite of all;
the ground dry, —— passive-possessive

Walking ——

Thickets gather about groups of squat sand-pine,
all but from bare rock   .   .

—— a scattering of man-high cedars (sharp cones),
antlered sumac   .

—— roots, for the most part, writhing
upon the surface

숨 가쁘게 도착했다, 힘들게 올라
돌아본다 (아름답지만 비싸다!) 그
진주-회색 탑들을! 다시 돌아 나와
출발한다, 나무들 사이를, 소유욕을 과시하며,

　　　　　— 그 사랑,
그런 용어로 말고, 그렇게는 아닌,
나는 여전히 긍정하는 사람
그 모든 것에도 불구하고;
메마른 땅, — 소극적이면서-소유욕이 강한

걷기 —

덤불들이 동그마니 소나무 주위에 모여 있다
헐벗은 바위만 빼고 모두가 ．．

— 사람 키 높이의 삼나무가 여기저기 (날카로운 원추형),
뿔 달린 옻나무 ．

— 뿌리들, 대부분은, 온몸을 비틀고
땅바닥 위에서

          (so close are we to ruin every
day!)
          searching the punk-dry rot

Walking ——

The body is tilted slightly forward from the basic standing
position and the weight thrown on the ball of the foot,
while the other thigh is lifted and the leg and opposite
arm are swung forward (fig. 6b). Various muscles, aided .

          Despite my having said that I'd never write to you again,
     I do so now because I find, with the passing of time, that
     the outcome of my failure with you has been the complete
     damming up of all my creative capacities in a particularly
     disastrous manner such as I have never before experienced.
          For a great many weeks now (whenever I've tried to write
     po-etry) every thought I've had, even every feeling, has been
     struck off some surface crust of myself which began
     gathering when I first sensed that you were ignoring the real
     contents of my last letters to you, and which finally
     congealed into some impenetrable substance when you

(너무 가까워서 우리는 매일 망치게
되는 것이다!)
　　말라빠진 썩은 나무를 찾아서

걷기 ―

몸은 기본 직립 자세에서 약간 앞으로 기울어져 있다.
몸무게가 발 앞쪽에 실려 있고, 다른 허벅지가 들어
올려지고 다리와 반대쪽 팔은 앞으로 흔들흔들(그림 6b).
다양한 근육들의 도움 받아 .

　　당신에게 다시는 편지를 쓰지 않겠다 말했지만, 나는
또 편지를 쓰고 있다오 왜냐하면 시간이 흐르면서
당신과의 실패의 결과가 내가 이전에는 경험해 보지 못한
아주 처참한 방식으로 내 모든 창조적 역량을 완전히
망가뜨리고 있기 때문이오.
　　이게 벌써 몇 주째인데 (내가 시를 쓰려고 할 때마다)
내가 했던 모든 생각들은, 심지어 내 모든 느낌마저, 나
자신의 어떤 딱딱한 껍질에 부닥치고 있소, 당신이 내가
보낸 마지막 편지들을 외면하고 있음을 처음 감지했을 때
막 일어난 감정이오, 그러다 당신이 내게 아무런 설명도
하지 않고 연락을 완전히 끊자고 했을 때는 이 느낌이

asked me to quit corresponding with you altogether
without even an explanation.

That kind of blockage, exiling one's self from one's
self —— have you ever experienced it? I dare say you have, at
moments; and if so, you can well understand what a serious
psychological injury it amounts to when turned into a
permanent day-to-day condi-tion.

How do I love you? These!

(He hears! Voices . indeterminate! Sees them
moving, in groups, by twos and fours —— filtering
off by way of the many bypaths.)

I asked him, What do you do?

He smiled patiently, The typical American question.
In Europe they would ask, What are you doing? Or,
What are you doing now?

What do I do? I listen, to the water jailing. (No
sound of it here but with the wind!) This is my entire

도무지 앞이 보이지 않는 어떤 실체로 마침내는 딱딱하게
굳어져 버렸다오.

　　이런 유형의 차단, 자신의 자아를 자신의 자아에서
추방하는 것 ── 혹시 경험해 본 적 있소? 감히 말해
보지만, 아마 있었을 거요; 그렇다면, 당신은 잘 이해할
거요, 그게 얼마나 심각한 심리적인 상처인지를, 얼마나
심각하길래 매일매일 영원히 굳어질 정도인지도.

　　　　내가 당신을 어떻게 사랑하지? 이것들을!

(그는 듣고 있다! 목소리들을　. 불확실한! 그들이 이동
하는 것을 본다, 무리지어, 둘씩, 넷씩 ── 여러 샛길들을
이용하여 걸러 내면서)

　그에게 물어보았죠, 직업이 뭐죠?

　그는 참을성 있게 웃었어요, 전형적인 미국식 질문.
유럽에선 이렇게 묻겠죠, 무슨 일 하고 계세요? 아니면,
지금 무슨 일 하고 있으신가요?

　내 직업이 뭐냐고요? 나는 귀를 기울여요, 떨어지는
물에. (여긴 바람 말고는 아무 소리도 안 들려!) 이게

occupation.

No fairer day ever dawned anywhere than May 2, 1880, when the German Singing Societies of Paterson met on Garret Mountain, as they did many years before on the first Sunday in May.

However the meeting of 1880 proved a fatal day, when William Dalzell, who owned a piece of property near the scene of the festivities, shot John Joseph Van Houten. Dalzell claimed that the visitors had in previous years walked over his garden and was determined that this year he would stop them from crossing any part of his grounds.

Immediately after the shot the quiet group of singers was turned into an infuriated mob who would take Dalzell into their own hands. The mob then proceeded to burn the barn into which Dal-zell had retreated from the angry group.

Dalzell fired at the approaching mob from a window in the barn and one of the bullets struck a little girl in the cheek. . . . Some of the Paterson Police rushed Dalzell out of the barn [to] the house of John Ferguson some half furlong away.

The crowd now numbered some ten thousand,

나의 유일한 직업이라오.

　　어디서도 어떤 날도 1880년 5월 2일만큼 아름답게
날이 밝아 온 적은 없었다, 그때 '패터슨 독일 가수
협회'가 개럿마운틴에서 만났다, 여러 해 전 5월 첫
일요일에 그랬듯이.

　　그러나 1880년의 만남은 끔찍한 날이 되었다, 그날
윌리엄 달젤이, 그는 그 축제가 열린 곳 가까이에 집이
하나 있었는데, 존 조지프 반 허튼에게 총을 쐈다. 달젤의
주장으로는, 여러 해 전부터 방문자들이 자기네 정원으로
넘어 들어왔다고, 그래서 올해엔 누구도 자기 땅 어디도
밟지 못하게 하자고 결심했다고 한다.

　　총을 쏜 직후에, 한 무리의 조용한 가수들이 성난
폭도로 바뀌어 자기들이 달젤을 처리하려고 했다. 그
성난 무리를 피해서 달젤이 숨은 헛간으로 폭도들이 불을
붙이러 몰려갔다.

　　달젤은 몰려오는 폭도들을 향해서 헛간 창문에서
총을 쐈다. 총알 중 하나가 작은 소녀의 뺨을 스쳤다……
패터슨 경찰이 급히 와서 달젤을 헛간 밖으로 내보내 약
100미터 정도 떨어진 존 퍼거슨의 집으로 보냈다.

　　모여든 군중은 이제 만 명을 족히 넘었다.

"a great beast!"

for many had come from the city to join
the conflict. The case looked serious, for the Police were
greatly out numbered. The crowd then tried to burn the
Ferguson house and Dalzell went to the house of John
McGuckin. While in this house it was that Sergeant John
McBride suggested that it might be well to send for
William McNulty, Dean of Saint Joseph's Catholic Church.

In a moment the Dean set on a plan. He proceeded to
the scene in a hack. Taking Dalzell by the arm, in full view
of the infuriated mob, he led the man to the hack and
seating himself by his side, ordered the driver to proceed.
The crowd hesitated, bewildered between the bravery of the
Dean and   .

Signs everywhere of birds nesting, while
in the air, slow, a crow zigzags
with heavy wings before the wasp-thrusts
of smaller birds circling about him
that dive from above stabbing for his eyes

"대단한 놈!"

　　　　많은 사람들이 이 사태에 끼어들려고
패터슨에 왔다. 사태는 심각해 보였고, 경찰들도 그
숫자가 엄청나게 불어났다. 군중들은 그다음엔 퍼거슨의
집을 불태우려고 했고, 달젤은 이번에는 존 맥거킨의
집으로 옮겨 갔다. 이 집에 있는 동안 존 맥브라이드
경사가 세인트조지프 가톨릭교회의 주임 사제인 윌리엄
맥널티를 부르는 게 좋겠다고 제안했다.
　　잠시 후에 맥널티 신부가 계획을 세웠다. 신부는
삯마차를 타고 사건 현장에 갔다. 달젤의 팔을 잡고서
격노한 폭도들이 다 보이는 곳에서, 맥널티 신부는 달젤을
삯마차로 데리고 갔다, 자기가 직접 옆에 앉아 운전수에게
계속 가라고 지시했다. 신부의 용감함과　.　사이에서
군중들은 당황해서 머뭇거렸다.

새들이 도처에 둥지를 튼 흔적들, 공중에선
천천히 까마귀가 지그재그로 날고 있다
그 앞에는 까마귀 주위를 바글바글 수많은
작은 새들이 모여 있고 까마귀 무거운 날개가
위에서 급강하한다 그의 눈을 찌르며

Walking —

    he leaves the path, finds hard going
across-field, stubble and matted brambles
seeming a pasture — but no pasture
— old furrows, to say labor sweated or
had sweated here
                       a flame,
spent.

      The file-sharp grass .

When! from before his feet, half tripping,
picking a way, there starts   .
        a flight of empurpled wings!
— invisibly created (their
jackets dust-grey) from the dust kindled
to sudden ardor!

      They fly away, churring! until
their strength spent they plunge
to the coarse cover again and disappear

걷기 —

그는 길을 벗어난다, 들판, 그루터기와 엉겨붙은
가시덤불을 가로질러 가는 게 매우 힘든 걸 알게
된다 겉보기엔 풀밭 같지만 — 풀밭이 아니다
— 오래된 이랑들, 노동이 진땀을 흘렸다고 아니면
여기서 옛날에 진땀을 흘렸다고 할 수 있는
                                불꽃,
다 써 버린.

    길쭉한 풀   .

언제! 그의 발길 앞에서, 살짝 발을 헛디며,
길을 고르면, 거기서부터 시작한다   .
        자줏빛 날개들의 비행이!
— 눈에 안 보이게 창조된 (그들의
회색 겉옷이) 먼지 속에서 불붙었다
갑작스러운 열정으로!

        새들은 날아간다, 또르르 울며!
마침내 힘을 다 쓰고, 다시 그
거친 덮개로 돌진하고선 사라진다

—— but leave, livening the mind, a flashing
of wings and a churring song   .

AND a grasshopper of red basalt, boot-long,
tumbles from the core of his mind,
a rubble-bank disintegrating beneath a
tropic downpour

Chapultepec! grasshopper hill!

—— a matt stone solicitously instructed
to bear away some rumor
of the living presence that has preceded
it, out-precedented its breath   .

These wings do not unfold for flight ——
no need!
the weight (to the hand) finding
a counter-weight or counter buoyancy
by the mind's wings   .

He is afraid! What then?

— 하지만 떠나고, 마음을 살아나게 한다,
날개들의 번득임, 또르르 노래   .

그리고 붉은 현무암 메뚜기 한 마리, 장화 길이,
그의 마음 한가운데서 떨어진다,
돌무더기 둑이 무너지고 있다
열대성 폭우로

차풀테펙![16] 메뚜기 언덕!

— 앞서간, 그 숨결을 앞서간
살아 있는 현존에 대한 소문을
가져가려고, 세심히 가르쳐 준
무광의 돌   .

비행을 위해 날개를 펼치는 건 아니다 ─
그럴 필요 없다!
정신의 날개에 의해
역중량 또는 역부력을
찾아가는 (그 손에) 무게   .

겁에 질려 있다! 그럼 어쩌죠?

Before his feet, at each step, the flight
is renewed. A burst of wings, a quick
churring sound :

      couriers to the ceremonial of love!

—— aflame in flight!
        —— aflame only in flight!

      No flesh but the caress!
He is led forward by their announcing wings.

     If that situation with you (your ignoring those particular
letters and then your final note) had belonged to the
inevitable lacrimae rerum (as did, for instance, my
experience with Z.) its result could not have been (as it *has*
been) to destroy the validity for me my-self *of* myself,
because in that case nothing to do with my sense of
personal identity would have been maimed —— the cause of
one's frustrations in such instances being not *in* one's self
nor in the other person but merely in the sorry scheme of

그의 발 앞에서, 걸음 옮길 때마다, 비행은
새로워진다. 날개들 푸드덕, 금방
또르르 우는 소리 :

　　사랑의 예식으로 가는 배달부들!

— 타오르는 비행!
　　— 비행 중에만 타오른다!

　　　　　살이 아니라 애무만!
그는 선언하는 날개에 이끌려 앞으로 나아간다.

　　만약 당신과의 그 상황이(그 특별한 편지들을 당신은
외면했고 그리고 당신의 마지막 쪽지) 피할 수 없는 그
가련한 눈물에 속해 있는 거라면(예를 들어 Z와의 내
경험에서 그랬던 것처럼) 그것의 결과가 나 자신의 나
자신에 대한 타당성을 파괴하는 것은(**그랬던 것처럼**)
아니었겠지요, 왜냐하면 그런 경우에 나 자신의 정체성과
관련된 그 어떤 것도 손상되지 않았을 것이니 — 그
경우 좌절감의 원인은 자기 자아에 있는 게 아니고 다른
사람에게 있는 것도 아니고 다만 그처럼 딱한 상황에 있는

things. But since your ignoring those letters was not "natural" in that sense (or rather since to regard it as unnatural I am forced, psychologically, to feel that what I wrote you about, was sufficiently trivial and unimportant and absurd to merit your evasion) it could not but follow that that whole side of life connected with those letters should in consequence take on for my own self that same kind of unreality and inaccessibility which the inner lives of other people often have for us.

— his mind a red stone carved to be
endless flight
Love that is a stone endlessly in flight,
so long as stone shall last bearing
the chisel's stroke   .

and is lost and covered
with ash, falls from an undermined bank
and — begins churring!
AND DOES, the stone after the life!

The stone lives, the flesh dies

거니까요. 하지만 당신이 그 편지들을 외면하는 건 그
점에서 "자연스럽지" 않았기에(아니면 그걸 부자연스럽다고
생각하면서도, 심리적으로는, 내가 당신에게 쓴 것은
충분히 사소했고, 중요하지도 않고 터무니없는 거여서
당신 회피가 일견 타당하다 느낄 수밖에 없었던 것인지도),
아무튼 그 결과 어쩌면 당연히 인생에서 그 편지들과
관련된 전체가 나 자신의 자아로서는 타인의 내면생활이
종종 우리에게 그러하듯 같은 정도의 비현실성과
접근불가능성을 띠게 된 것이겠죠.

— 그의 마음은 끝없는 비행을 하도록
붉은 돌로 조각되어   .
사랑은 끝없이 날아가는 돌멩이,
돌이 끝의 타격을
지탱하는 한   .

　　그리하여 상실되고 재로
덮이고, 무너지는 둑에서 떨어지고
그러고는 — 또르르 울기 시작한다!
그렇게 된다, 그 생애 뒤의 돌!

돌은 살아 있다, 육체는 죽고

—— we know nothing of death.

—— boot long
window-eyes that front the whole head,
             Red stone! as if
a light still clung in them   .

Love

             combating sleep
             _____

             the sleep

piecemeal

    Shortly after midnight, August 20, 1878, special officer
Good-ridge, when, in front of the Franklin House, heard a
strange squealing noise down towards Ellison Street. Running
to see what was the matter, he found a cat at bay under the
water table at Clark's hardware store on the corner,
confronting a strange black animal too small to be a cat and
entirely too large for a rat. The officer ran up to the spot and
the animal got in under the grating of the cellar window, from

— 우리는 죽음에 대해 아무것도 모른다.

— 오래 때린다
그 머리를 향하는 창문-눈을,
                 붉은 돌! 마치
아직도 불빛이 매달려 있는 듯   .

사랑
           잠을 몰아내는
           ─────────
           그 잠

조금씩 조금씩

　　1878년 8월 20일 한밤 자정이 지나, 굿리지 경관이
프랭클린하우스 앞에서 엘리슨 거리 아래쪽으로 이상하게
끼익거리는 소리를 들었다. 무슨 일인가 달려가다가,
길모퉁이 클라크 철물점 배수구 아래서 찍찍거리는
고양이 한 마리를 발견했다. 고양이라고 하기엔 너무 작고
쥐라고 하기엔 너무 큰 이상한 검은 동물을 만난 것이다.
그 경관이 그 장소로 달려가니 그 동물은 지하실 창문의
격자 밑으로 도망갔다, 거기서 머리를 전광석화처럼

which it frequently poked its head with a lightning rapidity. Mr. Goodridge made several strikes at it with his club but was unable to hit it. Then officer Keyes came along and as soon as he saw it, he said it was a mink, which con firmed the theory that Mr. Goodridge had already formed. Both tried for a while to hit it with their clubs but were unable to do so, when finally officer Goodridge drew his pistol and fired a shot at the animal. The shot evidently missed its mark, but the noise and powder so frightened the little joker that it jumped out into the street, and made down into Ellison Street at a wonderful gait, closely followed by the two officers. The mink finally disappeared down a cellar window under the grocery store below Spanger -macher's lager beer saloon, and that was the last seen of it. The cellar was examined again in the morning, but nothing further could be discovered of the little critter that had caused so much fun.

Without invention nothing is well spaced,
unless the mind change, unless
the stars are new measured, according
to their relative positions, the
line will not change, the necessity

재빨리 찔렀다. 굿리지 씨가 곤봉으로 그 동물을 몇
번 때렸는데, 맞히지는 못했다. 이윽고 키이스 경관이
왔는데 그는 그 동물을 보자마자 밍크라고 말했고,
이는 이미 굿리지가 만든 이론을 다지는 말이었다. 두
사람은 곤봉으로 그 동물을 때려 주려 잠시 애를 썼지만
성공하지 못했고 마침내는 굿리지 경관이 권총을 꺼내
그 동물을 쏘게 되었다. 총알은 결국 과녁을 빗나갔는데,
총소리와 화약이 그 쬐그만 골칫덩이를 너무 놀라게
했기에 그 골칫덩이는 거리로 뛰어나가 엘리슨 거리를
빠르게 달렸다, 그 뒤를 두 경관이 바싹 따라갔다. 밍크는
마침내 식료품점 지하 창고 아래로 사라졌는데, 그곳은
바로 스팽거마처의 커다란 라거 맥주집이었다, 그게
마지막이었다. 아침에 다시 그 지하실을 면밀히 살폈지만,
그처럼 큰 재밋거릴 선사한 작은 생물에 대해 어떤 것도
더이상은 발견되지 않았다.

발명 없이는 어떤 것도 잘 배치되지 않는다,
정신이 변하지 않는다면,
별들이 그 상대적인 위치에 따라
새롭게 가늠되지 않는다면,
그 시행은 변하지 않을 것이고, 필요성도

will not matriculate: unless there is
a new mind there cannot be a new
line, the old will go on
repeating itself with recurring
deadliness: without invention
nothing lies under the witch-hazel
bush, the alder does not grow from among
the hummocks margining the all
but spent channel of the old swale,
the small foot-prints
of the mice under the overhanging
tufts of the bunch-grass will not
appear: without invention the line
will never again take on its ancient
divisions when the word, a supple word,
lived in it, crumbled now to chalk.

Under the bush they lie protected
from the offending sun ——
11 o'clock
       They seem to talk

인정받지 못할 것이다: 거기 새로운
정신이 없다면 새로운 시행 또한
있을 수 없다, 낡은 것이 계속될
것이다 그 치명적인 그악함을
다시 또다시 되풀이하며: 발명 없이는
풍년화 덤불 아래 그 어떤 것도
없다, 오리나무는 그 작은 언덕들
사이에서 자라지 않는다, 오래된 습지의
써 버린 계류판 외 그 모든 것들
가장자리를 이루는 언덕들,
무리 지어 툭 튀어나온
다발풀들 아래로 작은 쥐 발자국들
없을 것 같고: 발명 없이는 그 줄은
다시는 그 오래된 분할들 떠맡지 않으리라
그 단어, 그 나긋한 단어가 그 안에
살았고 이제 부서져 흰 가루가 되었다.

덤불 아래 그들은 보호받고 있다.
기분 나쁜 태양으로부터 ─
11시다
　　그들은 말하는 것 같다.

—— a park, devoted to pleasure : devoted to .

grasshoppers!

3 colored girls, of age! stroll by
—— their color flagrant,
         their voices vagrant
their laughter wild, flagellant, dissociated
from the fixed scene .

But the white girl, her head
upon an arm, a butt between her fingers
lies under the bush .   .

Semi-naked, facing her, a sunshade
over his eyes,
he talks with her

—— the jalopy half hid
behind them in the trees ——
I bought a new bathing suit, just

pants and a brassier :

── 공원은, 기쁨에 헌신하고: 메뚜기에게   .
헌신하고!

나이가 찬 유색인 처녀 셋! 어슬렁거리고
── 노골적인 그들 피부색,
            떠돌이 같은 목소리.
아가씨들 웃음은 거칠고, 편협하고, 분리되어 있다
그 고정된 장면에서   .

하지만 그 백인 처녀는, 머리를
팔에 얹고, 손가락 사이에 담배꽁초 들고
덤불 아래에 있다   .   .

옷을 반쯤 벗고, 그녀와 마주하며, 눈 위에
햇빛 그림자가 진,
그가 그녀와 이야기한다.

── 그들 뒤로 나무들 속에
반쯤 숨은 고물 자동차 ──
난 수영복을 하나 새로 샀어요, 팬츠와

브래지어만 :

the breasts and
the pudenda covered — beneath

the sun in frank vulgarity.
Minds beaten thin
by waste — among

the working classes SOME sort
of breakdown
has occurred. Semi-roused

they lie upon their blanket
face to face,
mottled by the shadows of the leaves

upon them, unannoyed,
at least here unchallenged.
Not undignified.   .   .

talking, flagrant beyond all talk
in perfect domesticity —
And having bathed

가슴과
외음부만 가리고 ―

태양 아래 가감 없는 외설로.
낭비로 흠씬 얻어맞은
정신들 ―

노동자 계급 중에서
일부는 고장이
나 버렸다. 반쯤 흥분하여

그들은 담요 위에 누워 있다
얼굴을 마주 보고,
그들 위로 나뭇잎 그림자

무늬 드리우고, 방해받지 않고
적어도 여기서는 도전받지 않고.
품위가 없지는 않은. . .

이야기하며, 완벽한 가정생활에서
모든 이야기를 능가하는 노골적인 ―
그리고 목욕을 하고

and having eaten (a few
sandwiches)
their pitiful thoughts do meet

in the flesh —— surrounded
by churring loves! Gay wings
to bear them (in sleep)

—— their thoughts alight,
away
   .   .   among the grass

Walking ——

across the old swale —— a dry wave in the ground
tho' marked still by the line of Indian alders

   .   .   they (the Indians) would weave
in and out, unseen, among them along the stream

   .   come out whooping between the log

그리고 먹고 (샌드위치
몇 개)
그들의 딱한 생각들이 마주친다

살 속에서 — 지저귀는
사랑에 둘러싸여! (잠 속에서) 그들을
견디는 즐거운 날개들

— 그들의 생각은 환히 빛나,
멀리
. . 풀 사이로

걷기 —

오래된 습지를 가로질러 — 땅의 마른 파도는
줄지어 선 인디언 오리나무 옆에 고요히 표시되고

. . 그들은(인디언들은) 들락날락 누비곤 했다
눈에 띄지 않게, 일부는 개울을 따라 와서,

. 통나무집과 밭에서 일하는 사람들 사이를

house and men working the field, cut them
off! they having left their arms in the block
house, and —— without defense —— carry them away
in captivity. One old man   .

      Forget it! for God's sake, Cut
      out that stuff   .

Walking ——

    he rejoins the path and sees, on a treeless
    knoll —— the red path choking it ——
    a stone wall, a sort of circular

    redoubt against the sky, barren and
    unoccupied. Mount. Why not?

                A chipmunk,
with tail erect, scampers among the stones.

(Thus the mind grows, up flinty pinnacles)

함성을 지르며 끊고 들어간다!
그들은 무기를 그 통나무집에
두고 왔다 — 아무 저항 없이 — 그들을
포로로 데려온다. 한 늙은 노인이

　　제발, 그만! 그런 얘기
　　하지 마 　.

걷기 —

그는 다시 길에 들어서서 본다, 나무 하나 없는
언덕 위에서 — 붉은 길이 언덕을 막고 —
돌담, 하늘에 기댄

일종의 원형 보루, 메마르고
비어 있는. 둔덕. 당연히?

　　　　얼룩다람쥐,
꼬리 똑바로 세우고, 돌멩이 사이를 날쌔게 다닌다.

(따라서 마음은 자란다, 감정 없는 뾰족 바위들 위로)

but as he leans, in his stride,
at sight of a flint arrow-head

(it is not)

— there
in the distance, to the north, appear
to him the chronic hills

Well, so they are.

He stops short:
Who's here?

To a stone bench, to which she's leashed,
within the wall a man in tweeds — a pipe hooked in his
jaw — is combing out a new-washed Collie bitch. The
deliberate comb-strokes part the long hair — even her face
he combs though her legs tremble slightly — until it lies,
as he designs, like ripples in white sand giving off its clean-
dog odor. The floor, stone slabs, she stands patiently before
his caresses in that bare "sea chamber"

to the right

하지만 그가 몸을 기울여, 성큼성큼,
부싯돌 화살촉을 보고
　　　(그렇지 않다)
　　　　　　　　— 거기
멀리, 북쪽으로, 나타난다
그에게는 고질적인 언덕들

　　　뭐, 그렇기도 하지.

　　　　그는 뚝 그친다:
여기 누구세요?

　　　　　　돌 벤치에 개 한 마리 가죽 끈으로 묶여 있다,
담벼락 안에서 트위드 모직 옷 입은 남자가 — 파이프를
입에 끼워 물고 — 말끔히 씻긴 콜리 암캐를 빗질하고
있다. 그 세심한 빗질이 긴 털을 가른다 — 얼굴에도
빗질을 한다 개의 긴 다리가 약간 떨리는데도 — 마침내
남자가 의도한 대로 털은 하얀 모래 잔물결처럼 눕는다,
깨끗한 개 냄새를 풍기며. 바닥, 석판, 개는 그 발가벗은
"바다의 방"에서 그 어루만짐 앞에 참을성 있게 서 있다.

　　　이 지점에서

from this vantage, the observation tower

in the middle distance stands up prominently

from its pubic grove

    DEAR B. Please excuse me for not having told you this
when I was over to your house. I had no courage to answer
your ques-tions so I'll write it. Your dog *is* going to have
puppies although I prayed she would be okey. It wasn't that
she was left alone as she never was but I used to let her out
at dinner time while I hung up my clothes. At the time, it
was on a Thursday, my mother-in law had some sheets and
table cloths out on the end of the line. I figured the dogs
wouldn't come as long as I was there and none came thru
my yard or near the apartment. He must have come
between your hedge and the house. Every few seconds I
would run to the end of the line or peek under the sheets
to see if Musty was alright. She was until I looked a minute
too late. I took sticks and stones after the dog but he
wouldn't beat it. George gave me plenty of hell and I
started praying that I had frightened the other dog so
much that nothing had happened. I know you'll be cursing
like a son-of-a-gun and probably won't ever speak to me

오른쪽으로, 전망 탑이 멀리 중간쯤
그 국유림 수풀에서 눈에 띄게
우뚝 서 있다.

친애하는 B에게. 당신 집을 떠날 때 이런 말 하지 못한
점 이해해 주세요. 당신 질문에 대답할 용기가 없었어요,
그래서 이 편지를 씁니다. 당신 개는 강아지들을
낳겠지요, 괜찮기를 저는 기도하지만요. 개 혼자 남겨진
건 아니었어요, 절대로 그렇지 않았어요, 하지만 나는
저녁 식사 시간에 개를 내보내곤 했어요 내가 옷을 너는
동안에요. 그때가, 그날은 목요일이었는데, 어머님이
시트와 식탁보를 빨래줄 끝에 늘어놓았어요. 제가 거기
있는 한 개들이 오지 않을 거라 생각했지요, 우리 마당을
가로질러 오진 않았어요, 아파트 근처로도요. 그 수캐는
분명 당신 울타리와 집 사이로 왔을 거예요. 몇 초마다
줄 끝까지 달려가거나 시트 아래를 보면서 머스티가
괜찮은지 확인했어요. 그 전까진 괜찮았는데, 내가 조금
늦게 봤어요. 내가 막대기와 돌을 들고 쫓았는데도 꺼지질
않더라고요. 조지가 나한테 고함을 엄청 질렀고요 나는
내가 그쪽 개에게 겁을 많이 줘서 아무 일도 일어나지
않았기를 기도하기 시작했죠. 당신이 욕을 한댓거리 할
줄 알아요 당신한테 말을 안 했으니 아마 다시는 나한테

again for not having told you. Don't think T haven't been
worrying about Musty. She's occupied my mind every day
since that awful event. You won't think so highly of me
now and feel like protecting me. Instead I'll bet you could
kill . . .

And still the picnickers come on, now
early afternoon, and scatter through the
trees over the fenced-in acres   .

                    Voices!
multiple and inarticulate   .   voices
clattering loudly to the sun, to
the clouds. Voices!
assaulting the air gaily from all sides.

—— among which the ear strains to catch
the movement of one voice among the rest
—— a reed-like voice
                    of peculiar accent

Thus she finds what peace there is, reclines,

말을 걸지 않겠지요. 머스티 걱정 안 했다고는 생각하지
말아 주세요. 머스티는 그 끔찍한 사건 이후 매일 내
마음을 차지하고 있답니다. 이제 당신은 저를 그렇게 높이
평가하지 않으실 테고 제 편을 들고 싶지도 않겠죠. 그
대신 틀림없이 당신은 죽일 수 있을……

그래도 여전히 사람들은 소풍을 나와서, 이른
오후에, 그리고 울타리 친 공원 나무들 사이로
드문드문 흩어져 있다   .

목소리들!
알아듣기 힘들게 중얼거리는 수많은 .   목소리들
태양을 향해 크게 덜거덕거리는
구름을 향해. 목소리들!
사방에서 유쾌하게 허공을 공격하고.

── 그 가운데 그 귀는 다른 이들 중
한 목소리의 움직임을 낚아채려고 잔뜩 긴장하고
── 독특한 억양의
                갈대 같은 목소리

그래서 그녀는 평화가 무엇인지 찾고, 물러난다,

before his approach, stroked
by their clambering feet —— for pleasure

        It is all for
pleasure . their feet . aimlessly
     wandering

The "great beast" come to sun himself
                 as he may
. . their dreams mingling,
aloof

Let us be reasonable!

        Sunday in the park,
limited by the escarpment, eastward; to
the west abutting on the old road: recreation
with a view! the binoculars chained
to anchored stanchions along the east wall ——
    beyond which, a hawk
        soars!

그가 다가오기 전에, 오르는 발로
가볍게 쓰다듬었다 ── 재미로

　　　　　그건 모두
재미로 하는 것　.　그들의 발　.　아무 목적 없이
　　　방황하는

그 "대단한 짐승"은 직접 해를 쬐러 온다
　　　　　　　　할 수 있는 한
.　.　그들의 꿈은 서로 어우러져,
초연하고

이성적으로 됩시다!

　　　일요일 공원에서,
동쪽으로 가파른 경사로에 막혀 있고;
서쪽은 옛길과 닿아 있다: 전망 좋은
휴양지! 동쪽 벽을 따라 고정된 지지대에
쌍안경이 사슬에 묶여 있다 ──
　　　그 너머에는 매 한 마리
　　　　　　비상하고!

—— a trumpet sounds fitfully.

Stand at the rampart (use a metronome
if your ear is deficient, one made in Hungary
if you prefer)
and look away north by east where the church
spires still spend their wits against
the sky   to the ball-park
in the hollow with its minute figures running
—— beyond the gap where the river
plunges into the narrow gorge, unseen

—— and the imagination soars, as a voice
beckons, a thundrous voice, endless
—— as sleep: the voice
that has ineluctably called them ——
                    that unmoving roar!

churches and factories
              (at a price)
together, summoned them from the pit   .

── 트럼펫 소리가 맞춤으로 들린다.

성벽에 서십시오 (당신 귀가 충분하지
않으면 메트로놈을 이용하세요, 원하시면
하나는 헝가리산입니다) 그리고
동북쪽을 바라보세요 거기 교회
첨탑들이 여전히 하늘에 대고 지혜를
쏟고 있고   놀이동산으로 가는
텅 빈 하늘에는 미세한 형상들이 달리고
── 강이 좁은 협곡으로 뛰어드는
그 틈새 너머로, 보이지 않게.

── 그리고 상상력이 어떤 목소리처럼 솟구쳐
올라서, 손짓한다, 천둥 같은 목소리다, 끝없이
── 잠자는 듯한: 그 목소리는
불가피하게 그들을 불렀다 ──
            그 흔들리지 않는 함성!

교회들과 공장들
            (상당한 비용 들여)
함께, 그 구덩이에서 소환되었다   .

—— his voice, one among many (unheard)
moving under all.

        The mountain quivers.
Time! Count! Sever and mark time!

So during the early afternoon, from place
to place he moves,
his voice mingling with other voices
—— the voice in his voice
opening his old throat, blowing out his lips,
kindling his mind (more
than his mind will kindle)

       —— following the hikers.

At last he comes to the idlers' favorite
haunts, the picturesque summit, where
the blue-stone (rust-red where exposed)
has been faulted at various levels
      (ferns rife among the stones)

― 그의 목소리, 많은 목소리 중 하나 (들리지 않는)
모든 것 아래서 움직이고.

　　　　　산이 떨고 있다.
시간! 헤아려 봐! 시간을 잘라서 표시를 해!

그래서 이른 오후에, 여기 또
저기에서 그는 움직인다,
그의 목소리는 다른 목소리와 섞여서
― 그의 목소리 안의 그 목소리는
그의 늙은 목구멍을 열고, 입술을 불고,
그의 마음을 불붙게 하고 (그의 마음이
불붙이게 될 그 이상으로)

　　　　　― 산을 오르는 이들을 따라가며.

마침내 그는 느긋한 사람들이 좋아해서 자주
오는 곳으로 온다, 그 그림 같은 정상, 거기
그 푸른 돌은(노출되면 불그죽죽하다)
층층으로 쌓여 있다.
　　　　(돌들 사이에 고사리가 무성하고)

into rough terraces and partly closed in
dens of sweet grass, the ground gently sloping.

Loiterers in groups straggle
over the bare rock-table —— scratched by their
boot-nails more than the glacier scratched
them —— walking indifferent through
each other's privacy   .

      —— in any case,
the center of movement, the core of gaiety.

Here a young man, perhaps sixteen,
is sitting with his back to the rock among
some ferns playing a guitar, dead pan

The rest are eating and drinking.

      The big guy
in the black hat is too full to move

      but Mary

울퉁불퉁한 계단 쪽으로는 부분 폐쇄되었다
달콤한 풀 우거진 동굴들, 완만하게 경사진 땅.

헐벗은 너른 바위 위로 무리 지어
어슬렁거리는 이들 ─ 빙하가 긁고 간 것보다
더 심하게 그들의 징 박힌 신발이 바위를
긁어 놓았다 ─ 서로의 사생활 사이를
무심히 걷고 있다   .

　　　　─ 어떤 경우에도,
움직임의 중심, 경쾌함의 핵심.

열여섯 살쯤 되는 젊은이가 여기 있다,
고사리 사이로 바위에 등을 대고
앉아 있다 기타를 치며, 무표정한 얼굴로

나머지는 먹고 마시고 있다.

　　　　덩치 큰 남자
검은 모자를 쓰고 꽉 차서 움직일 수 없다

　　　　하지만 메리가

is up!

      Come on! Wassa ma'? You got
broken leg?

      It is this air!
              the air of the Midi
and the old cultures intoxicates them:
present!

     —— lifts one arm holding the cymbals
of her thoughts, cocks her old head
and dances! raising her skirts:

        La la la la!

What a bunch of bums! Afraid somebody see
you?   .
   Blah!
       Escrementi!
        —— she spits.
Look a' me, Grandma! Everybody too damn
lazy.

일어난다!

　　　어서! 무슨 일이예요, 부인? 혹시
다리가 부러졌나요?

　　　　바로 이 공기!
　　　　미디¹⁷의 공기
그리고 옛 문화가 그들을 취하게 한다:
있다!

　　　— 그녀 사유의 심벌즈를 잡고 있는
한쪽 팔을 들고, 그녀의 늙은 머리를 흔들며
춤을 춘다! 치마를 올린다:

　　　　　　라 랄 랄 라!

사람들 너무 많네! 누가 당신 볼까 봐
신경 쓰여?　　.
　　　에이!
　　　　똥이야!
　　　　　— 그녀 침을 뱉는다.
나 봐요, 할머니! 다들 너무해 너무
게을러터졌어.

This is the old, the very old, old upon old,
the undying: even to the minute gestures,
the hand holding the cup, the wine
spilling, the arm stained by it:

Remember
the peon in the lost
Eisenstein film drinking

from a wine-skin with the abandon
of a horse drinking

so that it slopped down his chin?
down his neck, dribbling

over his shirt-front and down
onto his pants —— laughing, toothless?

Heavenly man!

—— the leg raised, verisimilitude   .

이건 옛날, 아주 옛날, 옛날, 그 옛날에,
그 불멸의 시절: 미세한 몸짓들까지도,
술잔을 쥔 손, 흘러내리는
포도주, 포도주에 팔이 얼룩지고:

　　　　기억하세요.
그 잃어버린 예이젠시테인[18] 영화에서
술을 마시는 길 잃은 일꾼

버림받은 말과 함께
포도주 담는 가죽 부대에 술을 마시는

그래서 턱 아래로 줄줄 흘렀지
목 아래로, 뚝뚝 떨어졌지

그의 셔츠 앞으로 바지
아래로 ─ 웃으며, 이빨도 없이?

　　　　천상의 인간!

─ 다리를 올리고, 매우 흡사하게　.

even to the coarse contours of the leg, the
bovine touch! The leer, the cave of it,
the female of it facing the male, the satyr ——

    (Priapus!)

with that lonely implication, goatherd
and goat, fertility, the attack, drunk,
cleansed   .

      Rejected. Even the film
suppressed : but   .   persistent

The picnickers laugh on the rocks celebrating
the varied Sunday of their loves with
its declining light ——

Walking ——

    look down (from a ledge) into this grassy
    den
      . (somewhat removed from the traffic)
          above whose brows
a moon! where she lies sweating at his side:

거친 다리 윤곽에 맞추어, 그 미련한
손길! 그 지렛대, 지렛대의 동굴,
수컷을 마주하는 지렛대의 암컷, 사티로스[19] -
　　　　　　(프리아포스![20])
그 외로운 함축과 함께, 염소지기와
염소, 다산, 공격, 술에 취하고,
정화되고　　　.

　　　　　거절당하고. 심지어 영화까지
억압당하고 :　　그러나　　.　　지속적인

소풍 나온 사람들은 바위 위에서 웃고 있다
그들 사랑의 그 다채로운 일요일을
기울어 가는 빛과 함께 축하하며 ―

걷기 ―

내려다보라 (절벽 바위에서) 이 풀이 우거진
동굴을
　　.　(차들의 행렬과는 좀 떨어져 있는)
　　　　　　그 위로 누구 이마인지
달이다! 거기 그녀가 옆구리에 땀 흘리며 누워 있는 곳:

She stirs, distraught,
against him —— wounded (drunk), moves
against him (a lump) desiring,
against him, bored   .

flagrantly bored and sleeping, a
beer bottle still grasped spear-like
in his hand   .

while the small, sleepless boys, who
have climbed the columnar rocks
overhanging the pair (where they lie
overt upon the grass, besieged ——

careless in their narrow cell under
the crowd's feet) stare down,
                    from history!
at them, puzzled and in the sexless
light (of childhood) bored equally,
go charging off   .

그녀는 요동친다, 정신없이,
그에 맞서서 — 다치고 (술에 취해), 움직인다
그에 맞서서 (한 덩어리) 갈망하며,
그에 맞서서, 싫증 나   .

지겹도록 지루하고 잠이 들어,
그의 손에 여전히 창처럼 움켜쥔
맥주병   .

반면에, 잠 못 이루는 그 꼬맹이들은,
기둥들 쌍으로 늘어지듯 삐죽삐죽한
바위들을 오르다가 (거기서 풀 위에
벌러덩 눕는다, 포위된 채 —

사람들의 발길 아래 그 좁은 구석에서
조심성 없이) 내려다본다,
                        역사로부터!
그들을, 얼떨떨하고 그 무성의
빛(어린 시절의) 속에서 똑같이 지루해지고,
충전하러 간다   .

There where
the movement throbs openly
and you can hear the Evangelist shouting!

    —— moving nearer
she —— -lean as a goat —— leans
her lean belly to the man's backside
toying with the clips of his
suspenders .

—— to which he adds his useless voice:
until there moves in his sleep
a music that is whole, unequivocal (in
his sleep, sweating in his sleep —— laboring
against sleep, agasp!)
     —— and does not waken.

Sees, alive (asleep)
    —— the fall's roar entering
his sleep (to be fulfilled)
       reborn
in his sleep —— scattered over the mountain

거기 어디선가
그 움직임이 공공연히 울리고
복음주의자가 외치는 소리를 들을 수 있다!

　　　　── 더 가까이 가 보면
그녀 ── 피골이 상접해서 ── 기대고 있다
그 마른 배를 남자의 등에
그의 멜빵 클립을 가지고
장난을 친다　.

── 거기에 그는 쓸모없는 목소리를 보탠다:
그러다 잠결에 움직이고
온전한 음악, 명백한(그의
잠 속에서, 그의 잠 속에서 땀 흘리는 ──
잠에 맞서서 애를 쓰며, 헉!)
　　　　　　── 깨어나지 않는다.

본다, 살아서(잠들어서)
　　　　── 가을의 함성이 기입한다
그의 잠을 (충족되도록)
　　　　　　　　잠 속에서
다시 태어나 ── 그 산 위로 흩어져

severally   .

    —— by which he woos her, severally.

And the amnesic crowd (the scattered),

called about —— strains

to catch the movement of one voice   .

              hears,

      Pleasure! Pleasure!

                    —— feels,

half dismayed, the afternoon of complex

voices its own ——

       and is relieved

        (relived)

   A cop is directing traffic

   across the main road up

   a little wooded slope toward

   the conveniences:

      oaks, choke-cherry,

dogwoods, white and green, iron-wood :

몇 번이고   .
　　— 그로 인해 그가 그녀에게 구애하고, 몇 번이고.

그리고 기억 잃은 군중은(그 흩어진 이들은),
호출받아 — 긴장한다
어떤 목소리의 움직임을 포착하려고   .

　　　　　듣는다,
　　즐거움! 즐거움!
　　　　　　　— 느긴다,
반은 당황하고, 그 자체로 복잡한
목소리들의 오후 —
　　　　또 마음을 놓는다
　　　　　　(마음을 놓는다)

경찰이 교통정리를 하고 있다
저 위 큰길 가운데서
편의 시설들 쪽 나무 우거진
작은 비탈길 위로:

　　　　떡갈나무, 초크체리,
층층나무들, 하얗고 초록빛의, 흑단나무 :

humped roots matted into the shallow soil
—— mostly gone: rock out-croppings
polished by the feet of the picnickers:
sweetbarked sassafras

leaning from the rancid grease:
                    deformity ——

—— to be deciphered (a horn, a trumpet!)
an elucidation by multiplicity,
a corrosion, a parasitic curd, a clarion
for belief, to be good dogs   :

NO DOGS ALLOWED AT LARGE IN THIS PARK

.   .   .

The descent beckons
          as the ascent beckoned
                    Memory is a kind
of accomplishment
          a sort of renewal

얕은 땅에 깔린 혹이 있는 뿌리들.
— 대개는 없어졌고 : 튀어나온 암초들
산책 나온 사람들의 발로 매끈해졌고:
달콤한 껍질의 사사프라스   .

그 퀴퀴한 기름때에서 비스듬하게:
변형 —

— 판독되는 것 (호른, 트럼펫!)
다양성으로 설명하기,
부식, 기생충같이 끈적하게 붙어, 믿음을 위한
클라리온, 좋은 개들이 되기 위해   :

이 공원은 일반적으로 개 출입이 금지됩니다

· · ·

내리막이 손짓한다
        오르막이 손짓하듯
                기억은 일종의
성취다
        일종의 갱신

even

an initiation, since the spaces it opens are new

places

     inhabited by hordes

       heretofore unrealized,

of new kinds ——

     since their movements

       are towards new objectives

(even though formerly they were abandoned)

No defeat is made up entirely of defeat —— since

the world it opens is always a place

     formerly

       unsuspected. A

world lost,

     a world unsuspected

       beckons to new places

and no whiteness (lost) is so white as the memory

of whiteness   .

With evening, love wakens

     though its shadows

심지어
어떤 시작, 기억이 여는 공간은 새로운
장소여서
　　새로운 무리들이 사는
　　　　지금껏 없던 새로운
종류의 장소를 여네 ―
　　그 무리의 움직임은
　　　　새로운 목표를 향해 있기에
(전에는 설령 포기했더라도)

어떤 패배도 전적으로 패배인 것은 아니다 ―
패배가 여는 세상은 항상 어떤 장소
　　전에는
　　　　예상치 못한. 하나의
잃어버린 세상,
　　예상치 못한 세상이
　　　　새로운 장소를 부른다
그리고 어떤 (잃어버린)순백도 순백의 기억만큼
하얗지는 않다　.

저녁과 함께 사랑은 깨어나고
　　비록 그 그림자는

            which are alive by reason
of the sun shining ——
            grow sleepy now and drop away
                from desire   .

Love without shadows stirs now
                beginning to waken
                        as night
advances.

The descent
            made up of despairs
                and without accomplishment
realizes a new awakening :
                    which is a reversal
of despair.

    For what we cannot accomplish, what
is denied to love,
        what we have lost in the anticipation ——
                a descent follows,
endless and indestructible   .

아직 빛나고 있는
태양 때문에 살아 있지만 —
　　　이제 나른해져서 욕망에서
　　　　　　떨어진다　.

그림자 없는 사랑은 이제 흔들려
　　　깨어나기 시작한다
　　　　　　밤이
몰려오듯.

내리막은
　　　절망들로 이루어져
　　　　　　또 아무 이룬 것도 없이
새로운 각성에 도달하고　:
　　　　　　이는 절망의
어떤 반전.

　　　우리가 성취할 수 없는 것, 사랑을
거부당한 것,
　　　우리가 기대 속에 잃어버린 것을 위해 —
　　　　　　내리막이 뒤따른다,
끝도 없고 멈출 수도 없다　.

. . .

On this most voluptuous night of the year
the term of the moon is yellow with no light
the air's soft, the night bird has
only one note, the cherry tree in bloom

makes a blur on the woods, its perfume
no more than half guessed moves in the mind.
No insect is yet awake, leaves are few.
In the arching trees there is no sleep.

The blood is still and indifferent, the face
does not ache nor sweat soil nor the
mouth thirst. Now love might enjoy its play
and nothing disturb the full octave of its run.

. . .

1년 중 가장 풍성한 이 밤에
달의 용어는 빛이 없는 노랑
공기는 부드럽고, 밤의 새는
한 곡조만 노래하고, 꽃 핀 벚나무가

숲을 뿌옇게 만들고, 그 향기는
마음에서 짐작되는 움직임의 반 정도다.
어떤 벌레도 아직 깨지 않고, 나뭇잎도 거의 없다.
구부러진 나무들도 잠이 없다.

피는 고요하고 무심하다, 얼굴은
고통스럽지 않고 흙도 땀을 흘리지 않고 입 또한
갈증이 없다. 이제 사랑은 그 놀이를 즐기지 않을 것이고
어떤 것도 그 주기의 전체 옥타브를 방해하지 않는다.

The Library

From Book Three

I

I love the locust tree
the sweet white locust
    How much?
    How much?
How much does it cost
to love the locust tree
    in bloom?

A fortune bigger than
Avery could muster
    So much
    So much
the shelving green
    locust
whose bright small leaves
    in June
lean among flowers
sweet and white at
    heavy cost

도서관

제3권에서

1

나는 아카시아나무를 사랑한다
그 달콤한 하얀 아카시아
　　얼마예요?
　　얼마예요?
얼마가 들지요
꽃이 핀 아카시아나무를
사랑하는 데는?

애버리가 모을 수 있는 것보다
더 많은 재산.
　　그처럼 많이
　　그처럼 많이
얽힌 녹색.
　　아카시아
그 밝고 작은 잎사귀들이
　　유월에
달콤하고 하얀
꽃들에게 기대네
　　높은 비용에

A cool of books

will sometimes lead the mind to libraries

of a hot afternoon, if books can be found

cool to the sense to lead the mind away.

For there is a wind or ghost of a wind

in all books echoing the life

there, a high wind that fills the tubes

of the ear until we think we hear a wind,

actual   .

                 to lead the mind away.

Drawn from the streets we break off

our minds' seclusion and are taken up by

the books' winds, seeking, seeking

down the wind

until we are unaware which is the wind and

which the wind's power over us

                 to lead the mind away

and there grows in the mind

a scent, it may be, of locust blossoms

whose perfume is itself a wind moving

서늘한 책들이
때로 마음을 도서관으로 이끌 것이다
더운 오후에, 마음을 멀어지게 하는 감각을
식히기 위하여 책들을 찾을 수만 있다면

모든 책들 속에는 바람이나 유령이 있어서
거기서 생명을, 귀의 관들을 가득 채우는
강한 바람이 울린다. 우리가 바람 소리를
듣는다고 생각할 때까지,
실제의 .
　　　　　　　　　마음을 멀어지게 하려고.
거리에서 끌어당겨져 우리는 중단한다
우리 마음의 은둔을 그리고 점령된다
그 책들의 바람에, 추구하며, 추구하는
그 바람으로
우리가 알지 못할 때까지 어떤 것이 바람인지
어떤 바람의 힘이 우리를 지배하는지
　　　　　　　　마음을 멀어지게 하려고

그리고 마음속에는 자란다
아마, 아카시아꽃 향기겠지
향기가 그 자체로 움직이는 바람인,

to lead the mind away

through which, below the cataract
soon to be dry
the river whirls and eddys
        first recollected.

Spent from wandering the useless
streets these months, faces folded against
him like clover at nightfall, something
has brought him back to his own
        mind   .

      in which a falls unseen
tumbles and rights itself
and refalls —— and does not cease, falling
and refalling with a roar, a reverberation
not of the falls but of its rumor
        unabated

      Beautiful thing,
my dove, unable and all who are windblown,

마음을 멀어지게 하려고

그걸 통해, 폭포 아래로
곧 마르게 될 것이고
강물이 소용돌이치고 회오리들은
               처음으로 모인다.

요 몇 달, 쓸모없는 거리들을
헤매다가 소모된, 그를 마주하면 겹쳐지는
얼굴들은 한밤 폭포의 클로버 같다,
그 자신의 마음에 다시 되돌려진
               어떤 것   .

          보이지 않는 폭포가
넘어지고 다시 바로 서고
다시 떨어진다 — 멈추지 않는다, 떨어지면서
다시 떨어지면서 함성과 함께, 어떤 반향
폭포가 아니라 수그러들지 않는
               소문의 반향.

          아름다운 것,
나의 비둘기, 할 수 없고 바람에 날리고

touched by the fire
           and unable,

a roar that (soundless) drowns the sense
with its reiteration
          unwilling to lie in its bed

and sleep and sleep, sleep
          in its dark bed.

Summer! it is summer .
—— and still the roar in his mind is
unabated

.   .   .

불에 닿는 모든 사람들
          할 수 없는,

(소리 없이) 감각을 익사시키는 함성
되풀이하여
          침대에 눕는 것을 마다하며

그리고 어두운 침대에서 자고 자고
또 자는 것을 마다하며.

여름! 여름이다.
── 그의 마음속 함성은 아직도
수그러들지 않고

. . .

From Book Four

What's that?
—— a duck, a hell-diver?   A swimming dog?
What, a sea-dog?   There it is again.
A porpoise, of course, following
the mackerel .   No.   Must be the up
end of something sunk. But this is moving!
Maybe not. Flotsam of some sort.

A large, compact bitch gets up, black,
from where she has been lying
under the bank, yawns and stretches with
a half suppressed half whine, half cry .
She looks to sea, cocking her ears and,
restless, walks to the water's edge where
she sits down, half in the water

When he came out, lifting his knees
through the waves she went to him frisking
her rump awkwardly
Wiping his face with his hand he turned
to look back to the waves, then
knocking at his ears, walked up

제4권에서

　　　　　저게 뭐지?
— 오리, 논병아리? 헤엄치는 개인가?
뭐, 바다-개라고? 또 나왔네.
맞아, 고등어 쫓는
알락돌고래지. 아니야. 뭔가
침몰한 물체의 상부 꼭지야. 근데 이게 움직이다니!
아닐 수도 있어. 어떤 부유물일 수도.

단단하고 덩치 큰 암캐가 일어난다, 검둥개,
개가 누워 있던 곳
둑 아래에서, 개는 하품하며 몸을 뻗는다
반은 억눌려 반은 징징대고, 반은 운다 .
바다를 바라보며 귀를 쫑긋 세우고
불안하게, 물가로 걸어간다 거기서
개는 앉는다, 몸이 반쯤 물속에.

그가 나오자, 무릎을 들어 올려
파도를 뚫고 개가 그에게로 달려갔다
엉덩이를 어색하게 뒤뚱거리며
손으로 얼굴을 닦으며 그는 몸을 돌려
파도를 돌아본다, 그러고는
귀를 두드리고, 걸어 올라와

to stretch out flat on his back in
the hot sand . there were some
girls, far down the beach, playing ball.

  —— must have slept. Got up again, rubbed
the dry sand off and walking a
few steps got into a pair of faded
overalls, slid his shirt on overhand (the
sleeves were still rolled up) shoes,
hat where she had been watching them under
the bank and turned again
to the water's steady roar, as of a distant
waterfall . Climbing the
bank, after a few tries, he picked
some beach plums from a low bush and
sampled one of them, spitting the seed out,
then headed inland, followed by the dog

. . .

뜨거운 모래에
드러눕는다 . 그곳에는
소녀들 몇이, 멀리 해변 아래로, 공놀이를 한다.

── 분명 잠을 잤을 것이다. 다시 일어나,
마른 모래를 문질러 털고는 몇 걸음
걸어가서 색 바랜 작업복을 입고,
팔을 올려 셔츠를 쓱 꿰어
입는다(소매는 여전히 걷은 채) 신발 신고,
모자 쓰고 둑 아래서 지켜보던
암캐가 다시 돌아섰다
끝없는 물의 함성에 맞추어, 먼
폭포의 함성인 듯 . 몇 번의
시도 끝에, 둑을 올라가, 그는
얕은 덤불에서 갯자두 몇 개 따서
그중 하나를 먹어 보고, 씨를 뱉고,
그러곤 내륙으로 향했다, 개가 뒤를 따랐다.

. . .

From Book Five

A flight of birds, all together,
seeking their nests in the season
a flock before dawn, small birds
"That slepen al the night with open ye,"
moved by desire, passionately, they
have come a long way, commonly.
Now they separate and go by pairs
each to his appointed mating. The
colors of their plumage are undecipherable
in the sun's glare against the sky
but the old man's mind is stirred
by the white, the yellow, the black
as if he could see them there.
Their presence in the air again
calms him. Though he is approaching
death he is possessed by many poems.
Flowers have always been his friends,
even in paintings and tapestries
which have lain through the past
in museums jealously guarded, treated
against moths. They draw him imperiously
to witness them, make him think

제5권에서

새들의 비행, 모두 함께,
그 계절의 둥지를 찾아,
동트기 전 떼를 지어, 작은 새들
"뜬눈으로 밤을 지샌다오"
열망에 이끌려, 열정적으로, 그들은
먼 길을 왔다, 대개는.
이제는 떨어져, 짝을 지어 간다.
각자 약속된 짝짓기대로.
깃털 색은 알아볼 수가 없다
하늘 등진 태양의 눈부신 광채에는
하지만 노인의 마음은 들썩인다
그 흰색, 노란색, 검은색에
마치 그것들을 거기서 볼 수 있는 듯.
공중에 다시 나타난 새들의 존재가
노인을 진정시킨다. 비록 죽음에 가까워지고
있지만 그는 수많은 시에 사로잡혀 있다.
꽃들은 늘 그의 친구였다,
좀 슬지 않도록 소중히 지키고 다루는
박물관에서 지난 세월 내내 누워 있는
그림이나 태피스트리에 있는 꽃들도.
꽃들은 그를 오만하게 끌어당겨 그들을
보게 하고, 또 버스 시간표를 생각하게도,

of bus schedules and how to avoid
the irreverent —— to refresh himself
at the sight direct from the 12th
century what the old women or the young
or men or boys wielding their needles
to put in her green thread correctly
beside the purple, myrtle beside
holly and the brown threads beside:
together as the cartoon has plotted it
for them. All together, working together ——
all the birds together. The birds
and leaves are designed to be woven
in his mind eating and   .   .
all together for his purposes

부적절한 것을 어떻게 피하는지도
생각하게 한다 — 기분전환을 위해
12세기에서 직접 온 그 광경에서
나이든 여자들이, 혹은 젊은이
혹은 남자들이 아님 소년들이 바늘을
휘둘러 그녀의 그 초록 실을 그 보라색 옆에
바르게 꿰도록, 호랑가시나무 옆에 도금양을
그 옆에는 갈색 실을 바로 꿰도록 한다:
만화가 그들을 위해 그걸 계획한 것처럼
다함께. 다 함께, 다 함께 일하면서 —
새들은 모두 함께다. 새들과
잎새들은 함께 엮이도록 계획된다
좀먹어 가는 그의 마음속에서 . .
그의 목적들 위해 모두 함께

1) 1920년 첫 발표된 시의 축약본.

2) 워싱턴DC에 있는 광장, 대공황기의 풍경이다.

3) 래브라도는 캐나다 북동쪽 해안 지역으로 뉴펀들랜드 섬과 접해 있다. 청정한 해안의 얼음 풍경을 그린 시다.

4) 하드코어는 도로 건설 때 까는 돌멩이를 의미하기도 함.

5) 아이리시 액센트를 구사하여 fight를 foight라고 표기한 것.

6) 프랑스의 우화 작가.

7) 독하고 질 좋은 와인.

8) 거트루드 스타인(Gertrue Stein. 1874~1946)의 유명한 시 구절. 스타인은 서구 문학사에서 장미는 사랑과 동일시되어 장미의 장미다움을 잃어버렸음을 일깨우면서 이 동어반복으로 장미에 대해 독자의 눈을 뜨게 만들어 장미의 붉음을, 장미의 장미다움을 되찾고자 한다.

9) 윌리엄스가 엘리엇으로 대변되는 모더니즘 시학 안에서 자기 시와 시인으로서의 자기 위치를 자의식적으로 돌아보는 시다. 사람들의 살아 있는 말 속에서 자기 시의 생명과 리듬을 고수하겠다는 의지가 엿보인다.

10) 1953년 핵무기 기밀을 소련에 넘긴 혐의로 처형된 로젠버그 부부 사건을 말한다. 이들 부부는 혐의를 완강히 부인했으나 변론의 기회를 얻지 못하고 죽음에 처해진다. 윌리엄스도 당시 공산주의자로 몰려 큰 곤란을 겪었기에 국가가 강제한 사상의 문제와 개인의 자유에 대해 질문을 던지고 있다.

11) 핀타, 니나, 산타마리아는 크리스토퍼 콜롬버스가 신대륙을 찾기 위해 대서양을 횡단할 때 사용한 배들이다.

12) 자키 클럽은 1882년 창립된 아르헨티나의 클럽으로 정치적·경제적 활동의 중심지 역할을 했다. 1897년에 부에노스아이레스에 세워진 클럽 건물은 1953년 화재 사건으로 전소되는데, 그 배경에 군사 쿠데타로 정권을 잡고 반대파 척결을 노린 후안 페론 대통령이 있었다고 한다. 윌리엄스가 말년에 고통받은 정치적 탄압을 빗댄 이야기다.

13) 이 시가 묘사하는 그림은 "The Harvesters"로 흔히 불린다. 더운 여름날 밀을 수확하는 사람들과 나무 옆에서 낮잠 자는 청년을 그린 그림이다. 그래서 시의 제목을 브뤼겔의 원래 그림 제목으로 옮겼다.

14) 『아기 사슴 플래그』를 쓴 미국의 소설가.

15) 프랑스의 화가 폴 시냐크.
16) 멕시코 전쟁에서 미군이 점령한 멕시코의 요새.
17) 미디는 남프랑스를 말한다.
18) 소련의 영화감독, 영화 이론가로「파업」,「전함 포템킨」등을 실험적인
    몽타주 수법과 혁명적인 내용을 담아 연출했다.
19) 사티로스는 그리스 신화의 반인반수 동물이다.
20) 프리아포스는 남성 생식력의 신으로 남경을 가리킨다.

사소하고 따뜻하고 분명한 '접촉'

정은귀

'패터슨'과 시인 윌리엄스

패터슨은 누구인가? 도시인가, 사람인가, 영화인가, 시인가? 윌리엄스의 시를 번역하고 있다고 하니, 얼른 읽어 보고 싶다며 기다림이 길었다고 말하는 독자들이 많았다. "아, 패터슨의 시인 말이죠!"라며 반가움을 표하셨는데, 그때의 '패터슨'이 무얼 말하는지 물어보지 않았지만 그나 나나 알고 있었다. 짐 자무쉬(Jim Jarmusch) 감독의 2016년 영화「패터슨」이라는 것을. 잔잔한 영상과 시적인 대사가 참 좋았던 영화. 미국 뉴저지주의 작은 도시 패터슨에 사는 한 남자의 이야기.

패터슨은 귀여운 아내와 마빈이라는 이름을 가진 개 한 마리와 산다. 매일 아침 6시를 조금 넘겨 눈을 뜨고 간단히 아침을 먹고 출근해서 동료와 인사를 나누고, 23번 버스를 운행한다. 그는 틈틈이 시를 쓴다. 퇴근해 돌아오면 아내와 저녁을 먹고 하루 일을 이야기하고, 애완견 마빈을 데리고 산책을 나간다. 동네 바에서 맥주를 한 잔 마시고 집에 돌아와 잠을 청한다. 같은 노선을 도는 버스처럼 정해진 일과에 매일 똑같은 하루가 되풀이되는 평온.

다소 지루해 보이지만 시를 쓰는 시선에 일상의 리듬이 조금씩 다르게 변주된다. 매일 만나는 사람들의 다른 얼굴이라든가, 같은 도시의 다른 풍경이라든가. 그 평화에 어떤 균열의 틈도 보이지 않는 것 같지만 가끔 크고 작은 사건들이 생긴다. 가령 버스가 고장 난다거나, 아끼는 시 노트를 사랑하는 개가 발기발기 물어뜯어 찢어 놓는 것 같은. 엄청난 상실감에 패터슨은 퍼세이크 폭포를 찾는다. 거기서 한 일본인 관광객을 우연히 만난다. 시인 윌리엄스의 흔적을 찾아 아주 멀리서 온 이다. "때로는 텅 빈 페이지가 가장 많은 가능성을 선사한다."는 말을 들은 패터슨은 그에게서 큰 위로를 받고 다시 패터슨의 일상으로 돌아간다.

수많은 시적인 대사들로 인상적이었던 패터슨은 짐 자무쉬 감독이 미국 뉴저지주의 패터슨을 직접 방문하고 영감을 받아 만들었다고 한다. 윌리엄 칼로스 윌리엄스의 「패터슨」이 그대로 영화로 옮겨진 듯하다. 시를 쓰는 패터슨, 버스를 모는 패터슨, 도시 이름 패터슨, 시 제목 「패터슨」. 똑같은 노선을 뱅뱅 도는 버스 운전을 하며 시를 쓴 영화 주인공 패터슨과 비슷하게, 시인 윌리엄스 또한 의사로 일하면서 같은 동네, 낯익은 거리를 걸으며 마주한 풍경을 시로 썼다.

평생 쉼 없이 환자를 돌보며 시를 쓴 윌리엄스. 사람들이 어떻게 일을 하면서 시를 쓰냐고 묻자, 윌리엄스는 "어렵지 않아. 둘은 다른 각각이 아니라 하나의 두 부분이지. 둘은 서로를 보완해. 한쪽이 나를 지치게 하면 다른 한쪽이 나를 쉬게 하지."라고 말했다. 즉, 그는 의사로서 보고 진찰하는 사명을 충실히 이행하며 패터슨의 가난하나 소박한 삶을 사는 이들을 보았고, 그 찬찬한 시선을 그대로 시로 옮긴 것이다. 또 자기가 지도하던 학생에게 들려준 이런 고백도 있다.

"회진 돌면서 혹은 가정 방문 진찰을 하면서 정말 많이 배워. 그런데 가끔은 내가 도둑이 된 것만 같아. 사람들의 말을 듣고 사람들을, 장소들을 보니까. 또 그걸 내 글에다 써먹으니까 말이야. 내가 그 얘길 사람들한테 한 적이 있는데 아무도 놀라지 않았어. 거긴 더 깊은 무언가가 분명 흐르고 있어. 모든 만남이 주는 힘 같은 것 말이지."

『꽃의 연약함이 공간을 관통한다』에선 작가의 삶을 중심으로 해설을 썼는데, 『패터슨』에서는 시인의 작품 세계에 대해 조금 더 소상히 적고자 한다. 윌리엄스의 작품 세계는 흔히 이미지즘으로 이야기되지만 실은 그보다 더 폭넓고 실험적이다. 어떤 시는 너무나 정갈한 사실주의가, 어떤 시는 그림을 닮은 실험들이, 어떤 시는 역사적인 사료가 혼합된 한 도시의 서사가 담겨 있고, 어떤 시는 대상을 두고 조곤조곤 이야기를 풀어 간다. 이 모든 다양한 시도들은 윌리엄스가 체득한 일상어의 리듬 안에서 이루어진다.

모더니즘과 신비평이 주도하던 시절에는 그의 시의 진가가 가려져 있다가 뒤늦게 가장 미국적인 시를 쓴 시인으로 인정받게 되었다. 그의 시 세계를 일별하면서 나는 윌리엄스를 가장 그답게 표현하려고 제법 오랜 시간을 고민했다. 그 고민에 대한 해답을 시인 스스로 고백한 "모든 만남이 주는 어떤 힘"으로 풀어 설명하고자 한다.

그 힘은 시인 윌리엄스를 의사이자 시인으로 충실하게 했던 힘이며, 만남이자 접촉에서 발생하는 어떤 에너지다. 이미지즘, 지역성, 도시 공간, 일상 언어의 리듬, 미국의 문화적 정체성 등 여러 방향에서 이야기할 때, 그 모든 다양한 시적 방법론은 윌리엄스가 소박하게 전달한 그 만남에서 출발한다. 윌리엄스의 '접촉'의 시학은 사소하고 따뜻하고 분명한 만남에서 시작하여 그가 시도한 다양한 시적 실험을 통해 현대시의 낯설고도 아름다운 역사를 쓰게 된다.

끔찍한 아름다움을 만나는 일: 전반부 시편들

두 권의 시집은 윌리엄스의 시적 궤적을 충실히 따라가면서 엮었다. 『꽃의 연약함이 공간을 관통한다』를 여는 첫 작품 「방랑자」는 키츠를 좋아했던 시인의 초기 경향성이 드러나는 작품이다. 이미지를 선명하게 내세우는 윌리엄스의 간결한 시들에 익숙한 독자라면 다소 낯설게 느껴지는 이 길고 기묘한 시편을 통해 윌리엄스는 뮤즈 여신의 강림을 그린다.

여러 소제목을 통해 시인은 당대의 사회적, 문화적 풍경을 극적으로 제시하는데, 여기서 뮤즈 여신의 출현을 알리는 시 「Advent」를 「강림」이라 옮긴 것은 이상한 새, 늙은 여왕, 뮤즈 여신의 출현이 신성을 대체하는 무게를 가지기 때문이다. 그 뮤즈 여신과의 만남을 통해 시인은 자신을 뉴저지주 퍼세이크의 오염된 강 속에 집어던진다. 그러나 그것은 죽음이 아니다. 오염된 강물 속의 침례 의식을 통해서 시인은 오히려 폭력적이고 부패한 세계를 딛고 일어서는 힘을 얻는다.

윌리엄스는 T. S. 엘리엇으로 대표되는 모더니즘, 즉 신화 체계 안에 굳건한 성채처럼 자리한 모더니즘 시학에 강한 반감을 가졌다. 1913년에 파운드의 도움을 받아 런던에서 출판한 『기질들(The Tempers)』, 그리고 1917년 『원하는 이에게!(Al Que Quiere!)』를 이어서 내면서 윌리엄스는 자신이 몸담은 도시의 풍경과 사람들을, 어려운 말을 쓰지 않고 일상의 언어를 시각적으로 배치하여 새롭게 그린다.

「목가(Pastoral)」에서 성취가 중요하게 여겨지는 젊은 날을 지나 "지금은 나이 더 들어/ 뒷골목을 걸으며/ 저 초라한 이들의/ 집들을 대단타 바라보"는 시선은 이후 윌리엄스 시학의 중요한 방법론을 예견한다. 즉 특정한 시공간에서 개별 사물과 사람과 만나는 찬찬한 접촉의 중요성, 가난한 동네 지붕의 적절히 마모된 초록 얼룩이 모든 색상 중 가장 기쁘다는 그 말은 평범한 일상 속에서 비의(秘義)를 찾아 가는 윌리엄스 특유의 접촉의 시학, 그 새로운 출발점을 시사한다.

「사과(Apology)」에서도 시인은 "오늘 나는 왜 글을 쓰는가?" 질문을 던지고선, "우리의 별 볼 일 없는 이들/ 그 끔찍한 얼굴의/ 아름다움이/ 나를 흔들어" 시를 쓰게 한다고 답한다. 끔찍한 아름다움을 시로 만드는 방식은 「소책자(Tract)」에서 유쾌한 장례 예법에 빗대어 전해진다. 화려함이나 거창한 수사 없이, 완결된 치장보다는 엉성함 속에서, 기차로 치면 특등석이 아니라 7등칸의 승객이 되는 것. 가장 중요한 것은 함께 나누는 것. "우리와 함께 나누세요"라고 당부하는 시인에게 우리는 가진 자나 배운 자, 권력 있는 자가 아니다. "아무것도 잃을 게 없는 우리 아닌가요?"라는 말로 슬픔을 나누는 공동체를 상상하는 윌리엄스.

자기 아버지에 대한 헌시 「아담(Adam)」이나 「한 뼘 땅에 바치다(Dedication for a Plot of Ground)」 등에서 윌리엄스는 먼 땅에서 미국이라는 땅에 꿈으로 깃들게 된 가난한 이민자들의 생애를 시로 다시 쓴다. 낯선 장소를 삶의 터로 삼아 살면서 "맨손으로 이 지구를 파헤친" 사람들, 끝내는 마지막 외로움으로 잠들어 이 땅에 묻히는 사람들에게 바치는 헌사는 그대로 미국의 역사에서 가려진 이들을 다시 비춘다. 이토록 사소하고 분명하고 따뜻한 접촉의 시학, 그 근저에는 의사로서나 시인으로서나 윌리엄스가 평생 실천한 사랑, 자신이 사는 도시와 그 땅에 깃든 사람들에 대한 신뢰가 있었다.

지나친 감정의 토로 없이 잔잔하고 사실적이고 객관적인 시선으로 미국 동부 작은 도시의 사람들과 풍경을 그림으로써 현대시에서 '지역성(locality)'의 중요성을 각인시킨 윌리엄스는 1921년에 출판된 『신 포도(Sour Grapes)』를 지나면서 시적 대상을 한층 집중된 시선으로 보여 준다. 가령 「도착(Arrival)」 같은 시는 도시의 가련한 욕망과 몸의 문제를 간결한 리듬에 담아 놀랍도록 선명하고 싸늘하게 파헤친다.

1923년에 나온 시집 『봄 그리고 모든 것(Spring and All)』에서는 그 특유의 접촉의 시학을 어떠한 위계질서도 없이 평등한 '사물들의 민주주의'로 확대하면서 윌리엄스 작품에서 가장 빈번히 인용되는 작품들을 담는다. 표제시인 「봄 그리고 모든 것」에서 시인은 봄이 오는 풍경을 전염병원으로 가는 길에 대한 관찰로 묘사하면서 황량함 속에서 새롭게 태어나는 생명을 그리고 있는데, "새로운 세계로 그들은 들어선다, 벌거벗고,/ 차가운 채, 들어간다는 것 외엔/ 모든 것 불확실한 채."라는 표현으로 봄의 깨어남을 인식의 깨어남과 연결시킨다. 이 시와 시집은 흔히 '봄과 만물'로 옮겨지곤 했는데, 제목과 시 본문 안에서 'all'이 반복되어 쓰이면서 포괄하는 모든 사물과 사람, 풍경을 의식하여 나는 이를 '봄 그리고 모든 것'으로 옮겼다.

월리엄스는 다른 어떤 시인보다도 시의 행간과 단어의 배열에 신경 쓰면서 엄밀하고 정확한 이미지를 구사하였지만 불확실성과 불일치, 어긋남을 사랑한 시인이다. 이 세계가 그 자체로 불확실하기 때문이다. 월리엄스에게 아름다움은 완결된 아름다움이 아니고 끔찍하고 불완전한 형태로, 뭐가 될지 모른 채 돋아나는 새로운 생명 속에, 또 무너지는 쇠락 속에 있는 그런 제멋대로의 아름다움이다.

「그 장미(The Rose)」 같은 시에서 시인은 장미를 바라보는 시선을 매우 정교한 기하학적 선분 위에서 차곡차곡 쌓아 올리면서, 어느 누구도 상상하지 못한 새로운 꽃으로 독자를 이끈다. 장미는 장미이되 장미가 아니다. 영미시의 역사에서 장미는 낭만적인 사랑의 상징이었다. 하지만 월리엄스에 이르러 장미는 상업화된 도시가 되었다가 부드러우나 날카로운 사랑이 된다. 월리엄스가 새롭게 선보이는 장미는 '장미=낭만적인 사랑'으로 공고히 구축된 낡은 상징의 틀을 부순다. 한물간 장미의 새로운 힘. 마지막 연에 이르러 역자가 고심 끝에 행 배열을 바꾸어 "멍 들지 않은/ 꽃의 연약함이/ 공간을 관통한다"로 옮긴 구절은 이번 선집에서 첫 번째 시집의 제목이 되었다.

월리엄스가 그리는 '접촉'의 시학을 평등한 '사물들의 민주주의'와 연결하여 이야기할 때, 이는 미국시사에서 월트 휘트먼(Walt Whitman)에게로 거슬러 올라가는 미국시의 독특하고 진보적인 시학의 뿌리를 이룬다. 휘트먼은 19세기 당시 어느 누구도 상상하지 못한 방식으로 시의 언어와 형식을 자유롭게 해방시킨 시인이다. 미국의 민주주의를 시로 달성하고자 했던 휘트먼의 시 정신을 이어받아 윌리엄스는 사람과 사람 사이, 사물과 사람 사이, 모든 것들의 위계질서를 허물고 이 세계를 구성하는 작은 것들을 큰 권력과 위계 안에 오롯이 동등하게 세우고자 했다.

윌리엄스의 시에서 관찰되는 모든 사물은 그가 그리는 사람만큼의 애정 어린 시선 안에서 새로운 모양을 갖추고 독자에게 제시된다. 의사로서 사람들을 진찰한 방식대로 윌리엄스는 그를 둘러싼 주변의 모든 것들을 보았다. 때로는 큐비즘에서 시도된 회화적인 '동시성'의 시선으로, 때로는 눈에 띄지 않던 것들을 새롭게 응시하게 만드는 문장의 재배치를 통해서 시인은 경험의 상대성 안에서 세계를 다시 구체적으로 보게 만든다.

첫 번째 시집의 역자 해설 첫머리에서 소개한 「그 빨간 외바퀴 수레(The Red Wheelbarrow)」의 간명한 리듬이 그토록 오랜 시간 수많은 독자들을 놀라게 하는 것은, 빨간 외바퀴 수레를 중심으로 시각을 좁혔다가 확장하는 단계에서 "너무나 많은 것"을 독자들의 경험 안에서 새로 만들어 내기 때문이다. 윌리엄스에게 시의 형식적인 실험과 언어, 문장의 새로운 리듬은 불확실하고 모호한 세계와의 관계 안에서 '지금-여기'의 세계를 새롭게 경험하게 만드는 한에서 의미가 있는 것이었다.

패터슨을 만나는 일: 『단절된 기간』에서 『브뤼겔의 그림들』까지

시선집의 두 번째 권인 『패터슨』을 시작하는 『단절된 기간(The Broken Span)』은 1941년에 나온 얇은 팸플릿 시 모음집이다. 시 외에도 오페라, 소설, 희곡 등 여러 장르를 왕성하게 실험하면서 윌리엄스는 푸에르토리코대학, 하버드대학 등에 출강하며 활발한 활동을 이어 갔다. 곧이어 1944년에 시집 『쐐기(The Wedge)』를 출판한다. 육체적인 쇠락이 잇따라 고통스러운 시절이 이어졌지만 작가로서 활동을 지속해 나갔다.

「내 영국 할머니의 마지막 말들(The Last Words of My English Grandmother)」이나 「시절의 초상(A Portrait of the Times)」을 비롯하여 많은 시들이 당대를 살아가는 개인과의 접촉, 시인이 마주하는 도시의 풍경을 진술하게 그려 냈다. 때로는 대화체가, 때로는 간결한 묘사가 시의 행간과 여백에 대한 시인 특유의 시각적인 관심을 담아 다채롭게 펼쳐진다.

윌리엄스가 통과한 시절은 미국에서는 호황기가 아니었다. 세계대전과 대공황기를 지나며 개인들은 가난한 일상에서 시들어 가고 또 분투했다. 시인은 그들과 함께하면서 그 모든 풍경의 세목들을 그림 그리듯 새롭게 보여 주어 그 땅이, 그 사람이, 그 골목이, 그 나무가, 작은 새들이 우리에게 지금 여기의 모습처럼 생생하게 드러나게 한다. 불행과 가난을 바라볼 때도 시인의 시선은 비감이나 슬픔보다 애정 어린 여유와 날렵한 재치가 돋보인다.

윌리엄스의 사실주의가 날카롭게 예민하고 기발한 것은 그 시선의 집중에서 비롯되며, 무엇보다 그 근저에는 "관념이 아니라 사물 그 자체"라는 유명한 시론이 있다. 그 구절은 「패터슨」에서도 반복되지만 「일종의 노래(A Sort of a Song)」에서도 괄호 속에 숨어서 등장한다. 시인은 시인이 시를 쓰는 과정을 뱀의 동작에 빗대어 이야기한다. 느리고 빠르게, 날카롭게 쏘는 뱀의 급습은 조용하고 긴 기다림 끝에 달성된다.

시 쓰기도 마찬가지다. 관념이 아니라 사물 그 자체로 발명하라고 하는 시인에게 시는 바위를 쪼개어 피어나는 꽃과 같다. 그러므로 시를 쓰는 일은 연한 꽃잎이 바위를 쪼개어 피어나는 그 지난한 과정과 겹쳐진다. 다시 한 번 부드럽고 사소한 힘이 강함을 이긴다. 일상이 신화를 이기고, 보통 사람이 영웅을 이기는 이유다.

『쐐기』에 이어서 1948년에 출판된 『구름들(Clouds)』 또한 비슷한 형식으로 매우 간결하고 단정된 어조, 집중된 시선으로 다양한 인간 군상과 도시의 풍경을 조용히 그린다. 윌리엄스의 간결한 시들을 좋아하는 독자들은 『패터슨』의 전반부에 등장하는 이 시편들을 통해 윌리엄스 당대, 미국의 가난하지만 충실하게 일상을 잇는 사람들의 표정과 거리 풍경, 그 모든 행/불행과 비참과 기쁨을 실감나게 만날 것이다.

1940년대를 지나 1950년대의 윌리엄스는 시에 있어서 형식적인 실험을 더욱 왕성히 하게 된다. 1950년 출판된 『후기 시편 모음집(The Collected Later Poems)』, 1954년 작 『사막의 음악과 다른 시들(The Desert Music and Other Poems)』, 또 1955년 출판된 『사랑으로 가는 길(Journey to Love)』은 단어와 여백의 배열을 독특하게 하여 실험성이 두드러진 작품들이 유난히 많다. 시의 길이도 길어졌고 서사 구조도 더 튼튼해졌는데, 영어와 우리말의 어순이 다른 언어적 차이를 안고 번역하는 역자로서는 시인의 독특한 행간 실험이 번역 과정에서 유난히 어려웠다.

하지만 독자들은 이 시편들에서 한층 더 다채로워진 윌리엄스의 시 세계를 만날 수 있을 것이다. 면밀히 관찰한 자연 대상을 시와 글쓰기의 문제로 치환한 시들에서부터, 죽음을 앞둔 어머니의 침상을 지키는 늙은 (어머니 눈에는 여전히 어린) 아들을 생생한 입말로 그린 시 「귀걸이 펜던트 둘」은 윌리엄스 시의 또 다른 절창이다. 역자는 이 시들을 옮기면서 시의 형식적 특이성에 특별히 주의해 짧은 시는 간결한 리듬을, 대화가 들어간 시는 그 현장성을 생생한 입말로 살리려고 제법 애를 썼다. 독자들이 그런 점을 눈여겨 봐 주시면 고맙겠다.

1962년에 출간된 『브뤼겔의 그림들(Pictures from Brueghel)』은 윌리엄스 사후 퓰리처상 수상의 영광을 준 작품이다. 네덜란드 화가 브뤼겔[1]의 언어로 풀어 쓴 시들은 마치 그림을 바로 눈앞에 보고 있는 듯 그 색과 구도가 선명하다. 그림을 시로 옮기면서 윌리엄스는 그림에 특별한 해석을 하지 않는다. 가령 「이카로스의 추락과 함께하는 풍경」을 그릴 때, 윌리엄스는 오든(W.H. Auden)이나 뮤리얼 루카이저(Muriel Rukeyser)가 이카로스 신화를 두고 시를 쓰면서 해석을 적극적으로 가한 것과 달리 초연하게 그림의 시선만 충실히 따른다. 이는 마치 거리의 사람들을 묘사할 때, 슬픔이라든가 비참이라든가 불행의 느낌이 들어가는 시어를 쓰지 않는 방식과 흡사하다.

윌리엄스의 시를 객관주의(Objectivism)라 부르기도 하는데, 감정의 주관성을 배제하여 오히려 거꾸로 독자에게 슬픔이나 비애의 감정을 스스로 느끼게 만드는 방식 때문이다. 미국의 객관주의 시인 조지 오펜(George Oppen)과 윌리엄스는 종종 함께 이야기되는데, 감정을 내세우지 않고 언어적 엄밀성과 간결성을 통해서 세상을 충실히 보게 하는 그 시선이 매우 엄정한 것이 특징이다. 아무래도 윌리엄스의 경우, 의사-시인으로서의 윤리적인 책무는 분리된 것이 아니라 그 자체로 하나인, 세상에 대한 지극한 관심과 관찰이 아니었을까 하는 생각이 든다. 이 자세는 엮은이 톰린슨의 해설에서 윌리엄스 시어의 절묘한 동작과 섬세한 감각을 강조한 부분과 연결된다.

독자들은 '패터슨'을 얼른 만나려 할 텐데, 이 시집을 보면 패터슨에 할애된 분량은 상대적으로 적다는 걸 알 수 있다. 그렇다면 이 시집은 패터슨이 아닌가? 그렇지 않다. 이 시집 전체가 오롯이 패터슨이다. 영화 「패터슨」과 비슷한 정서와 비슷한 풍경은 실은 『패터슨』의 끝자락에 배치된 연작시 「패터슨」 이전에 이미 1권과 2권에 걸쳐 흩뿌려져 있다. 우리는 시인의 초기 시집부터 지금까지 패터슨을 만나고 또 만나 왔던 것이다. 도시 패터슨과 패터슨의 사람 패터슨을. 그리고 패터슨의

---

1) 지금은 브뤼헐로 발음되지만 화가가 살았던 당대에는 독일식으로 발음되었기에 그에 따랐다.

하루하루를.

그렇다면 윌리엄스에게 '패터슨'은 어떤 의미를 가질까?
우리는 연작시 「패터슨」에서 패터슨을 어떻게 만나야 할까? 시인
윌리엄스는 거대한 서사시를 기획하긴 했지만 그 기획이 대개의
서사시가 갖는 일관된 이야기 구조를 따른 것은 아니었다. 오히려
자신의 시론에 합당하게 윌리엄스는 패터슨을 자유분방하게
놔두려고 했다. 우리는 그래서 질문을 바꾸어서 할 필요가 있다.
시집 『패터슨』은 앞선 시집들에서 우리가 익히 보아 온 패터슨의
풍경들과 다른가 혹은 비슷한가? 인간과 세계에 대한 탐색,
비루한 현실 속 아름다움의 추구라는 점에서 앞선 문제의식이
여전히 유효하게 지속되지만 연작시 「패터슨」은 그 실험의 결이
한층 두꺼운 시들로 이루어져 있다. 「패터슨」의 아름다움 또한
완결성보다는 계속 실험되는 진행형으로, 만들어 나가는 미완의
언어로 의미가 있다.

1946년에서 1958년까지 긴 시간 공들여 장장 다섯 권의 야심
찬 연작시집으로 나온 『패터슨』. 우리는 사실 그 이전에 이미
짧은 단시 「패터슨: 폭포(Patterson: the Falls)」를 먼저 만날 수 있었다.
여기서 시인은 첫 줄에 "풀어야 할 공통 언어는 무엇인가?"라고
질문하는데, '공통 언어(common language)'는 윌리엄스에게 무척
중요한 시적 과제였다. 공동체를 잇는 공감의 언어이자 공감각의
언어이기에 '공동 언어' 혹은 '공공의 언어'로도 번역될 수 있는
개념이다. 'common'의 개념은 현대 미국시를 설명할 때 중요한
축이 되는데, 에이드리언 리치(Adrienne Rich)나 후대 시인 명미
김(Myung Mi Kim) 등을 함께 엮어 다른 지면에서 더 풀어 설명할
기회가 있으리라 생각한다.

나는 '공통', '공동', '공공' 중에서 한자 없이 쓸 때 쉽게
연상되는 '텅 빔'의 의미를 피하고자, 또 '함께함'의 의미나
시의 공적 책임이나 공적 역할도 중요하지만 언어가 갖는 가장
기본적인 '소통'에 방점을 두어 고심 끝에 '공통 언어'라고 옮겼다.

이 짧은 시에서 시인은 폭포의 물의 움직임과 미국의 공간, 생명들, 당대의 문화사를 간략하게 역동적으로 스케치한다. 폭포 옆에서 그 아우성에 귀를 기울여 본 사람들은 알 것이다. 그 폭포 소리는 동물적인 포효인 동시에 텅 빈 도시의 신음이고 울음임을. 폭포의 혼돈은 물과 돌의 역사이면서 동시에 그 공간을 사는 사람들의 말이기도 하다. 나중에 시인은 이를 한층 본격적인 미국의 서사시로 확장하여 마침내는 여러 해에 걸쳐 연작시집 『패터슨』을 쓰게 된다. 그 크나큰 기획의 시작 지점에서 시인은 이렇게 쓰고 있다.

하지만 돌아가는
길은 없어: 혼돈에서 감아 올리기,
아홉 달의 기적, 그 도시
그 사람, 하나의 정체성 —— 그게 아니면
그리 되지 않아 —— 어떤
상호 침투, 양방향으로.

한 개인의 일생이건 한 도시의 역사건 일방적으로 되돌아가는 길은 없다. 만나야 하고 섞여야 하고 세심히 들여다 봐야 하고 전체로 조망해야 한다. 당시 패터슨은 뉴욕 바로 옆에 있지만 수많은 이민자들이 몰려 살던 가난하고 낙후된 도시였다. 시 전반에 걸쳐서 가난한 이들의 초상이 그려지는 것은 그 때문이다. 패터슨은 첨단의 문화를 만드는 백인들의 도시가 아닌 이탈리아인, 유대인, 폴란드인, 아일랜드인, 흑인들의 도시였다.
짧고 간결한 시를 윌리엄스 시의 백미로 아는 독자들에게는 다소 낯설고 충격적인 미국의 서사시 「패터슨」은 미국 근대사의 아픈 시기인 대공황기에서 배태되었다. 1933년 루스벨트 대통령이 미국을 묘사하면서 남긴 유명한 말, "잘 먹지도 못하고 거처도 형편없고 잘 입지도 못하는" 미국의 전형이 패터슨이었다.

윌리엄스는 그 도시의 거리, 그 거리를 오가는 사람들을 속속들이 보았다. 그리고 그 뒷골목의 역사를 하나하나 파헤쳐 그 서사를 실험적이고 복잡한 시로 완성했다.

「패터슨」은 윌리엄스 스스로 "현대인의 정신(the mind of modern man)과 도시 사이의 어떤 유비 관계"를 보여 주고자 기획한 장시였는데, 오래 마음에 품었던 기획과 달리 시인은 이 시들을 쓰고 찢고, 다시 쓰고 또 찢는 고투 속에 완성했다. 이미지의 선명한 힘을 보여 주는 간결한 시가 많은 앞 권에서 그 실험이 한층 다층적으로 진행되는 뒷 권까지 두 권을 찬찬히 들여다보면 시인으로서 윌리엄스가 보여 주는 폭넓은 실험 정신과 도전적인 역사관, 순진하고 성실한 눈으로 자신을 둘러싼 세계를 읽고 보는 꼼꼼한 시선에 탄복하게 될 것이다.

발달이라는 미명하에 피폐하게 오염된 도시, 가난과 범죄, 강간과 간통 등 온갖 파괴적인 현대 도시의 그림자가 우울한 사람들을 포획하는 패터슨의 초상은 시에서 매우 거친 호흡과 울퉁불퉁한 리듬으로 그려진다. 남자와 여자, 자연과 인간, 과거와 현재가 유기적으로 연결되는 바람직한 관계를 맺지 못하고 분리되는 현실에서 언어는 타락되었고, 현실의 비참상 또한 그런 분리가 가장 큰 역할을 한다.

그래서 윌리엄스는 시 곳곳에 '단절(Divorce)'의 문제를 강하게 제시한다. 『패터슨』은 19세기에 시인 휘트먼이 그려 낸 미국의 서사시가 20세기에 완벽하게 실패로 끝난 미국의 현실을 생동감 있게 재현한다. 윌리엄스는 패터슨의 다양한 인간 군상과 먼지 속 역사적 사료 안에서 발견되는 이야기들을 재치 있게 녹여 냈다.

일상 언어의 리듬을 적극 활용하여 시를 쓴 윌리엄스는 시 「패터슨」에서 도시의 풍경과 역사를 통해 미국의 서사시를 그리면서 느슨하고 자유로운 형식과 조밀한 통제를 섞어 묘한 긴장을 만들어 냈다. 작은 시에서는 행의 배열에서 단어의 배치까지 매우 엄정하고 날카롭게 여백과 행간을 조절했던 그가 신문 기사를 가지고 오고 분방한 호흡을 그대로 내지른다. 시와 산문이 충돌하고 온갖 다양한 음성들이 폭포의 소리, 도시의 소음만큼이나 불협화음을 내는 시를 통해 윌리엄스는 미국 당대의 문화뿐만 아니라 그 도시가 걸어온 역사, 그 역사의 한 자리를 보이지 않는 미미한 사람들까지 충실히 기록하고자 했다.

무엇보다 언어의 새로움에 기댄 윌리엄스지만, 언어가 현실을 재현하고 기록하는 완벽한 매체라고 생각하지는 않았다. 언어와 여백과 글자 사이의 관계를 시험하고, 일기, 편지, 역사적 사료를 시에 원용하고, 큐비즘의 그림에서 보는 다양한 앵글을 언어적으로 시도해 보는 실험들을 평생 계속한 것은, 그가 언어나 현실 어느 것에 완벽한 질서를 부여하지 않고 늘 현재형으로 새롭게 발견되는 것에서 의미를 찾고자 했음을 잘 보여 준다. 그 점에서 그는 현실과 가장 밀착된 시의 세계를 꿈꾸었고, 또 그 세계가 새롭게 발견되지 않으면 바로 그 순간 낡은 것이 된다는 것을 잘 알고 있었다. 우리가 그의 시를 읽는 행위도 20세기 미국의 작은 도시의 낡은 풍속화를 만나고자 하는 게 아니고, 지금 여기의 현실을 그의 시의 언어를 통해 다시 새롭게 발견하기 위한 과정으로서 의미가 있다.

무엇을 발견할 것인가

시 외에도 단편 및 장편 소설, 희곡, 에세이, 편지 등 많은 글을 왕성하게 쓴 윌리엄스이기에 이 두 권의 번역 시집으로는 그의 작품 세계를 온전히 다 담지 못할 것이 자명하다. 그래도 그의 시 세계를 접하기 위해 오래 기다려 온 독자들의 갈증을 조금이나마 가시게 할 수 있지 않을까 싶다. 그렇다면 우리는 시를 읽으며 무엇을 발견할 것인가? 우리는 왜 시를 읽는가? 시를 읽으며 굳이 무엇을 발견해야 하는가? 1993년 출판된 에이드리언 리치의 산문집 제목으로 더 유명해진 "거기서 발견되는 것(what is found there)"에 대한 이야기를 덧붙이며 자꾸 길어지는 이 해설을 마치고자 한다. 이 구절은 노년의 윌리엄스가 자신의 아내에게 바친 시 「아스포델, 그 연초록 꽃(Asphodel, That Greeny Flower)」에 나오는데, 나에게는 특별한 기억이 있는 시다.

2014년 4월 17일 세월호의 비극이 있던 다음날 나는 미국 샌프란시스코에서 학회 발표를 하고 있었다. 현대시의 어려움에 대한 것이었는데, 거기서 윌리엄스의 다음 구절을 읽었다. "시에서 뉴스(새로움)를 얻기란/ 어려워/ 하지만 사람들은 매일 비참하게 죽어/ 거기서 발견되는 것이/ 없어서." 아쉽게도 이 시집에는 빠진 구절인데, 이 시를 쓸 당시의 윌리엄스는 무척 지쳐 있었다. 몸은 병들었고, 자기가 사랑한 사람들이 있는 미국이라는 국가는 자신을 공산주의자로 낙인찍어 괴롭혔다.

아스포델은 그리스 신화에서 망자의 영혼이 사는 낙원에 피어 시들지 않는 꽃. 젊은 날의 잘못과 회한을 지나 아내에 대한 사랑을 노래한 이 시를 발표하면서 나는 공교롭게도 발견을 기다리던, 발견되지 못해 죽어 가던 수많은 아이들을 떠올렸다. 아이들이 구출되리라는 희망을 놓지 않고 있던 전 세계의 이목이 텔레비전 화면에 쏠렸던 그날, '발견'은 낭만적인 맹세가 아니라 희망이자 절박한 당위였다. 아이들은 결국 발견되지 못하고, 죽었고 그 발견하지 못한 무능과 무책임은 아직도 우리에게 큰 상처다. 우리의 아스포델은 어디에 피었을까.

윌리엄스의 시를 읽을 때마다 '발견'을 절박하게 생각하는 것에는 그런 이유도 있다. 우리는 무엇을 발견해야 하는가? 도처에 낡은 언어가 널린 세상이다. 무수한 낡은 언어의 홍수 속에서 낡은 시들, 낡은 서정 속에서, 낡은 말들과 낡은 이미지가 우리의 의식을 새롭게 깨우치지 못할 때 우리는 더욱 위태롭고 권태롭다. 낡은 언어는 낡은 관념, 낡은 현실이기에 그 고착이 우리를 죽이는 것이다. 그래서 윌리엄스의 시를 옮기면서, 교정을 보면서 나는 의도적으로 매번 다른 화폭을 생각했다.

그래서 편집 과정에서도 많은 이들에게 빚을 졌다. 다시 읽으면 또 다른 그림을 그리게 될 윌리엄스의 시가 나의 번역으로 더 많은 이들에게 어떤 발견의 눈을 선사하기를 바란다. 그 발견이 우리를 새롭게 하고, 그 새로움이 우리에게 새 호흡을 줄 것이다. 이건 시에 거는 나의 믿음에 가깝다.

마지막으로 시인의 이름을 우리말로 표기하는 데 대해 덧붙이고 이 글을 끝맺고자 한다. 외국어 이름 표기는 번역하면서 오래 고심하는 사안이다. 윌리엄 칼로스 윌리엄스의 경우, 중간 이름과 성이 다 문제가 된다. 카를로스–칼로스, 윌리엄즈–윌리엄스, 그 사이 어디쯤. 발음 기호를 써 보면 'wil·yuhm kaar·lows wil·ymz'가 되는데, 긴 장음 '카알로스'를 예전에는 '카를로스'라고 표기하기도 했지만 '칼로스'로도 감당이 될 것 같았다. 성의 경우 윌리엄'즈'라고 표기하기도 하지만 끝음 'z'는 우리말 '즈'보다 '스'에 조금 더 가까워 윌리엄 칼로스 윌리엄스라고 표기했다. 역자와 편집팀이 함께 고심해 내린 결정이다.

제법 많은 분량의 시들을 소화하여 두 권으로 펴내는 초역 시집이건만 윌리엄 칼로스 윌리엄스의 시 세계 전부를 다 담지 못한 점이 조금 아쉽다. 아마 윌리엄스의 시 전부를 완역하려고 생각했다면 한참이 더 걸려도 힘들지 않았을까. 아쉬움은 그만 묻고 현대 미국시에서 가장 중요한 위치를 점하지만 오랜 시간 우리에게 다가오지 못했던 윌리엄스를 이 정도나마 소개하는 것으로 마음의 짐을 내려놓기로 한다.

영미시를 연구하고 번역을 가르치는 학자이면서 실제 번역을 하는 번역가의 길을 걷다 보니 번역은 늘 아픈 손가락이다. 정말 중요하다는 걸 아는데, 마음만큼 많은 시간을 할애하지 못한다. 학생들에게 번역은 해석의 첫걸음이자 비평의 굳건한 보루라는 이야기를 자주 하면서 늘 원문에 고집스럽게 성실하라고 당부한다. 영어에서 한국어로 들여오는 번역이든 한국어에서 영어로 내보내는 번역이든, 언어의 이중 리듬을 너무 헤프게 자기

것으로 갖고 놀지 말라고. 아마 이 철학은 어떤 책을 어떤 독자를 향해 번역하는가에 따라 달라질 것이다. 나의 고집은 시 번역에 국한된 것인데, 시는 쉽게 이해되고 쉽게 해소되는 문학 장르가 아니기 때문에 시인의 고심 안에 역자가 최대한 정성껏 머물러야 한다는 생각을 한다. 지난한 길이다.

또 하나 역자이자 시를 연구하는 학자의 경험으로 학생들에게 들려주는 말은 번역의 시작은 역자가 하지만 마침표는 출판사의 재촉과 결단이 찍는다는, 출판의 현실에 대한 이야기다. 그러니 편집의 역할이 얼마나 중요한지. "시가 좋아요!"라는 역자의 탄복만으로 번역 시집이 나올 수 없다. 역자와 시를 기다리는 독자, 그 사이 출판사 편집팀의 공통의 의지가 한 권의 책을 완성할 수 있다. 시인 윌리엄스가 그토록 중요하게 생각한 공동체, 함께 나누어 갖는 시의 언어, 마주하는 시선과 경험처럼, 번역이야말로 여러 사람의 정성과 지성, 판단이 어우러지는 공동 작업인 셈이다.

들여다보면서 마침표는커녕 늘 다시 번역하는 나의 고민과 주저함에 늘 그렇듯 이번에도 출판사가 결단력 있게 마침표를 찍어 주었다. 출판의 타임라인이 없었다면 번역은 하염없이 더 미루어졌을 것이다. 챙겨 본다고는 했지만 꼼꼼한 눈으로 다시 보면 어색한 구절이나 실수가 있을지 모르겠다. 번역은 반역이고, 시는 번역에서 얻어지는 것만큼이나 잃어버리는 것도 크기에 두려움도 크지만 영어와 우리말을 나란히 보면서 우리 독자들은 불통의 다리를 너끈히 넘으시길 바란다.

그리고 무언가를 발견하기를. 그 발견이 우리 시의 리듬에도 새로움을 주기를, 갇힌 하루하루 우리의 시선을 새롭게 하기를. 시 하나하나를 두고 더 나누고 싶은 이야기는 다른 공간을 약속하며, 이번 번역을 바탕으로 윌리엄스 시를 더 많은 독자들이 읽고 윌리엄스를 통해 당대 미국의 역사와 문화, 사람들을 우리 곁에 좀 더 가까이 당겨 앉히게 되면 좋겠다.

사소하고 따뜻하고 분명한 접촉의 시인 윌리엄스. 그의 시를 읽으며 여기서나 거기서나 사람이 살았음을, 그때나 지금이나 "어려운 시절"을 굳건히 살다 간 두 다리와 두 손, 폐허의 땅에 피어난 싱그러운 녹색 이파리들과 그 모든 것을 보고 헤아리던 성실하고 밀착된 시선이 있었음을, 그리하여 이 땅 위의 삶이 그 모든 곤란과 비참에도 불구하고 아름다울 수 있음을 보여 준 시인이 있었음을 우리 독자들이 알게 되면 좋겠다.

패터슨이 어느 먼 나라의 낯선 풍경과 사물, 낯선 사람이 아니라 지금 오늘을 성실히 살아가는 우리의 자화상이고 우리의 불완전한 언어임을 안다면, 그리하여 멀고 낯선 어느 작은 도시에서 탄생한 시가 우리의 낯익은 거리를 새롭게 되비추어 주고 오늘의 햇살과 그늘을 더 잘 보게 해 준다면, 늘 부족함을 느끼는 시의 역자인 나는 그걸로 그만 행복할 것이다.

윌리엄스의 시를 우리말로 옮기던 기간은 유난히 어려운 시절이 겹쳤다. 그래도 그 시간이 행복했음을 밝히며 글자와 여백 사이를 조절하느라 유난히 더 힘들었을 민음사 편집팀 식구들에게 감사드린다. 아울러, 시의 길을 함께 걷는 제자들, 특히 박서영과 박선아에게 고마움을, 역자가 놓친 부분을 꼼꼼하게 짚어 주시는 이지연 편집자에게 특별한 감사를 드린다. 이 세계의 구조에 관심이 많은 남편 박신규는 생기 있는 입말을 찾을 때 도움이 많이 되었다. 늘 책상에 앉아 있는 자식의 공붓길 열매를 귀하게 읽어 주시는 양가 부모님께 이 시집을 바친다.

세계시인선 54 패터슨

1판 1쇄 펴냄 2021년 12월 5일
1판 2쇄 펴냄 2022년 8월 26일

지은이 윌리엄 칼로스 윌리엄스
옮긴이 정은귀
발행인 박근섭, 박상준
펴낸곳 ㈜민음사

출판등록 1966. 5. 19. (제16-490호)
주소 서울시 강남구 도산대로1길 62
강남출판문화센터 5층 (06027)
대표전화 02-515-2000 팩시밀리 02-515-2007

www.minumsa.com

한국어 판 ⓒ ㈜민음사, 2021. Printed in Seoul, Korea

ISBN 978-89-374-7554-2 (04800)
978-89-374-7500-9 (세트)

* 잘못 만들어진 책은 구입처에서 교환해 드립니다.

세계시인선 목록